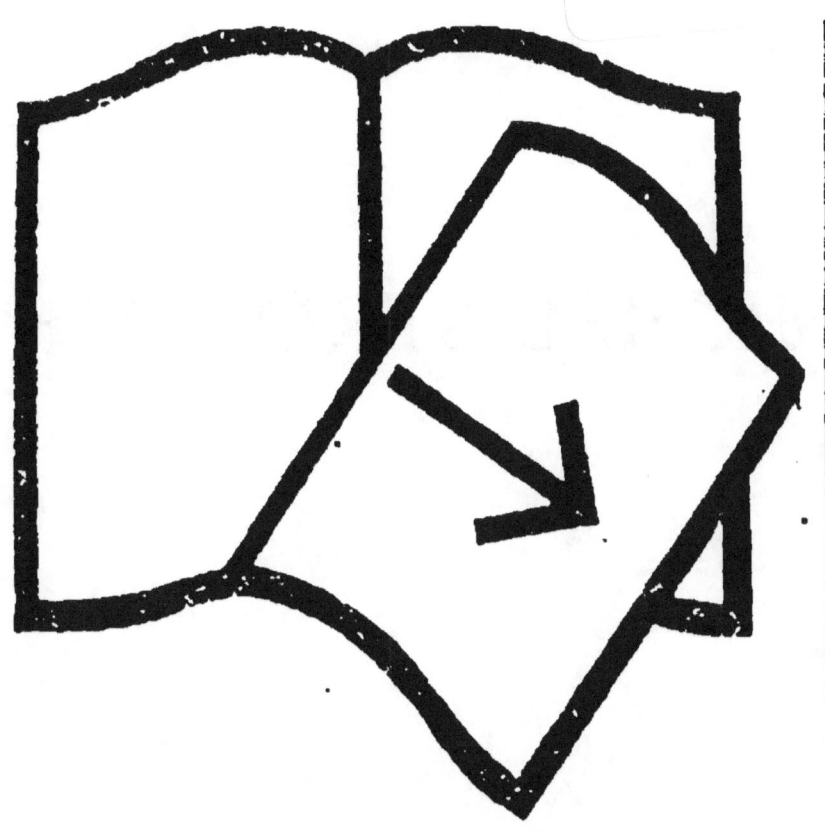

Couvertures supérieure et inférieure manquantes

MICHEL STROGOFF

2576.

OUVRAGES DU MÊME AUTEUR

VOLUMES IN-18 A 3 FR.

EN PRÉPARATION :

Les 500 millions de la Bégum.

MICHEL STROGOFF

—MOSCOU—IRKOUTSK—

PAR

JULES VERNE

PREMIÈRE PARTIE

DIX-SEPTIÈME ÉDITION

BIBLIOTHÈQUE

D'ÉDUCATION ET DE RÉCRÉATION

J. HETZEL ET Cie, 18, RUE JACOB

PARIS

MICHEL STROGOFF

DE MOSCOU A IRKOUTSK

PREMIÈRE PARTIE

CHAPITRE Ier

UNE FÊTE AU PALAIS-NEUF.

« Sire, une nouvelle dépêche.

— D'où vient-elle ?

— De Tomsk.

— Le fil est coupé au delà de cette ville ?

— Il est coupé depuis hier.

— D'heure en heure, général, fais passer un télégramme à Tomsk, et que l'on me tienne au courant.

— Oui, sire, » répondit le général Kissoff.

Ces paroles étaient échangées à deux heures du matin, au moment où la fête, donnée au Palais-Neuf, était dans toute sa magnificence.

Pendant cette soirée, la musique des régiments de Préobrajensky et de Paulowsky n'avait cessé de jouer ses polkas, ses mazurkas, ses scottischs et ses valses, choisies parmi les meilleures du répertoire. Les couples de danseurs et de danseuses se multipliaient à l'infini à travers les splendides salons de ce palais, élevé à quelques pas de la « vieille maison de pierres », où tant de drames terribles s'étaient accomplis autrefois, et dont les échos se réveillèrent, cette nuit-là, pour répercuter des motifs de quadrilles.

Le grand maréchal de la cour était, d'ailleurs, bien secondé dans ses délicates fonctions. Les grands-ducs et leurs aides de camp, les chambellans de service, les officiers du palais présidaient eux-mêmes à l'organisation des danses. Les grandes-duchesses, couvertes de diamants, les dames d'atour, revêtues de leurs costumes de gala, donnaient vaillamment l'exemple aux femmes des hauts fonctionnaires militaires et civils de l'ancienne « ville aux blanches pierres ». Aussi, lorsque le signal de la « polonaise » retentit, quand les invités de tout rang prirent part à cette promenade cadencée, qui, dans les solennités de ce genre, a toute l'importance d'une danse nationale, le mélange des longues robes étagées de dentelles et des uniformes chamarrés de décorations offrit-il un coup d'œil indescriptible, sous la lumière de cent lustres que décuplait la réverbération des glaces.

Ce fut un éblouissement.

D'ailleurs, le grand salon, le plus beau de tous ceux que possède le Palais-Neuf, faisait à ce cortége de hauts personnages et de femmes splendidement parées un cadre digne de leur magnificence. La riche voûte, avec ses dorures, adoucies déjà sous la patine du temps, était comme étoilée de points lumineux. Les brocarts des rideaux et des portières, accidentés de plis superbes, s'empourpraient de tons chauds, qui se cassaient violemment aux angles de la lourde étoffe.

A travers les vitres des vastes baies arrondies en plein cintre, la lumière dont les salons étaient imprégnés, tamisée par une buée légère, se manifestait au dehors comme un reflet d'incendie et tranchait vivement avec la nuit qui, pendant quelques heures, enveloppait ce palais étincelant. Aussi, ce contraste attirait-il l'attention de ceux des invités que les danses ne réclamaient pas. Lorsqu'ils s'arrêtaient aux embrasures des fenêtres, ils pouvaient apercevoir quelques clochers, confusément estompés dans l'ombre, qui profilaient çà et là leurs énormes silhouettes. Au-dessous des balcons sculptés, ils voyaient se promener silen-

cieusement de nombreuses sentinelles, le fusil horizon-
talement couché sur l'épaule, et dont le casque pointu
s'empanachait d'une aigrette de flamme sous l'éclat des
feux lancés au dehors. Ils entendaient aussi le pas des
patrouilles qui marquait la mesure sur les dalles de
pierre, avec plus de justesse peut-être que le pied des
danseurs sur le parquet des salons. De temps en temps,
le cri des factionnaires se répétait de poste en poste,
et, parfois, un appel de trompette, se mêlant aux accords
de l'orchestre, jetait ses notes claires au milieu de l'har-
monie générale.

Plus bas encore, devant la façade, des masses som-
bres se détachaient sur les grands cônes de lumière
que projetaient les fenêtres du Palais-Neuf. C'étaient
des bateaux qui descendaient le cours d'une rivière,
dont les eaux, piquées par la lueur vacillante de quelques fanaux, baignaient les premières assises des ter-
rasses.

Le principal personnage du bal, celui qui donnait
cette fête, et auquel le général Kissoff avait attribué
une qualification réservée aux souverains, était simplement vêtu d'un uniforme d'officier des chasseurs de la
garde. Ce n'était point affectation de sa part, mais
habitude d'un homme peu sensible aux recherches de
l'apparat. Sa tenue contrastait donc avec les costumes
superbes qui se mélangeaient autour de lui, et c'est

même ainsi qu'il se montrait, la plupart du temps, au milieu de son escorte de Géorgiens, de Cosaques, de Lesghiens, éblouissants escadrons, splendidement revêtus des brillants uniformes du Caucase.

Ce personnage, haut de taille, l'air affable, la physionomie calme, le front soucieux cependant, allait d'un groupe à l'autre, mais il parlait peu, et même il ne semblait prêter qu'une vague attention, soit aux propos joyeux des jeunes invités, soit aux paroles plus graves des hauts fonctionnaires ou des membres du corps diplomatique qui représentaient près de lui les principaux États de l'Europe. Deux ou trois de ces perspicaces hommes politiques — physionomistes par état — avaient bien cru observer sur le visage de leur hôte quelque symptôme d'inquiétude, dont la cause leur échappait, mais pas un seul ne se fût permis de l'interroger à ce sujet. En tout cas, l'intention de l'officier des chasseurs de la garde était, à n'en pas douter, que ses secrètes préoccupations ne troublassent cette fête en aucune façon, et comme il était un de ces rares souverains auxquels presque tout un monde s'est habitué à obéir, même en pensée, les plaisirs du bal ne se ralentirent pas un instant.

Cependant, le général Kissoff attendait que l'officier auquel il venait de communiquer la dépêche expédiée de Tomsk lui donnât l'ordre de se retirer, mais celui-

et restaitsilencieux. Il avait prisle télégramme, il l'avait
lu, et son front s'assombrit davantage. Sa main se
porta même involontairement à la garde de son épée
et remonta vers ses yeux, qu'elle voila un instant. On
eût dit que l'éclat des lumières le blessait et qu'il
recherchait l'obscurité pour mieux voir en lui-même.

« Ainsi, reprit-il après avoir conduit le général
Kissoff dans l'embrasure d'une fenêtre, depuis hier
nous sommes sans communication avec le grand-duc
mon frère?

— Sans communication, sire, et il est à craindre
que les dépêches ne puissent bientôt plus passer la
frontière sibérienne.

— Mais les troupes des provinces de l'Amour et
d'Iakoutsk, ainsi que celles de la Transbaikalie, ont
reçu l'ordre de marcher immédiatement sur Irkoutsk?

— Cet ordre a été donné par le dernier télégramme
que nous avons pu faire parvenir au delà du lac Baïkal.

— Quant aux gouvernements de l'Yeniseisk, d'Omsk,
de Sémipalatinsk, de Tobolsk, nous sommes toujours
en communication directe avec eux depuis le début
de l'invasion?

— Oui, sire, nos dépêches leur parviennent, et nous
avons la certitude, à l'heure qu'il est, que les Tartares
ne se sont pas avancés au delà de l'Irtyche et de
l'Obi.

— Et du traître Ivan Ogareff, on n'a aucune nouvelle ?

— Aucune, répondit le général Kissoff. Le directeur de la police ne saurait affirmer s'il a passé ou non la frontière.

— Que son signalement soit immédiatement envoyé à Nijni-Novgorod, à Perm, à Ékaterinbourg, à Kassimow, à Tioumen, à Ichim, à Omsk, à Élamsk, à Kolyvan, à Tomsk, à tous les postes télégraphiques avec lesquels le fil correspond encore !

— Les ordres de Votre Majesté vont être exécutés à l'instant, répondit le général Kissoff.

— Silence sur tout ceci ! »

Puis, ayant fait un signe de respectueuse adhésion, le général, après s'être incliné, se confondit d'abord dans la foule, et quitta bientôt les salons, sans que son départ eût été remarqué.

Quant à l'officier, il resta rêveur pendant quelques instants, et lorsqu'il revint se mêler aux divers groupes de militaires et d'hommes politiques qui s'étaient formés sur plusieurs points des salons, son visage avait repris tout le calme dont il s'était un moment départi.

Cependant, le fait grave qui avait motivé ces paroles, rapidement échangées, n'était pas aussi ignoré que l'officier des chasseurs de la garde et le général Kissoff pouvaient le croire. On n'en parlait pas officiellement, il est vrai, ni même officieusement, puisque les langues n'étaient pas déliées « par ordre », mais quelques hauts personnages avaient été informés plus ou moins exactement des événements qui s'accomplissaient au delà de la frontière. En tout cas, ce qu'ils ne savaient peut-être qu'à peu près, ce dont ils ne s'entretenaient pas, même entre membres du corps diplomatique, deux invités qu'aucun uniforme, aucune décoration ne signalait à cette réception du Palais-Neuf, en causaient à voix basse et paraissaient avoir reçu des informations assez précises.

Comment, par quelle voie, grâce à quel entregent, ces deux simples mortels savaient-ils ce que tant d'autres personnages, et des plus considérables, soupçonnaient à peine ? on n'eût pu le dire. Était-ce chez eux don de prescience ou de prévision ? Possédaient-ils un sens supplémentaire, qui leur permettait de voir au delà de cet horizon limité auquel est borné tout regard humain ? Avaient-ils un flair particulier pour dépister les nouvelles les plus secrètes ? Grâce à cette habitude, devenue chez eux une seconde nature, de vivre de l'information et par l'information, leur nature s'était-elle donc transformée ? on eût été tenté de l'admettre.

De ces deux hommes, l'un était Anglais, l'autre Français, tous deux grands et maigres, — celui-ci brun comme les méridionaux de la Provence, — celui-là

roux comme un gentleman du Lancashire. L'Anglo-
Normand, compassé, froid, flegmatique, économe de
mouvements et de paroles, semblait ne parler ou gesti-
culer que sous la détente d'un ressort qui opérait à
intervalles réguliers. Au contraire, le Gallo-Romain,
vif, pétulant, s'exprimait tout à la fois des lèvres, des
yeux, des mains, ayant vingt manières de rendre sa
pensée, lorsque son interlocuteur paraissait n'en avoir
qu'une seule, immuablement stéréotypée dans son
cerveau.

Ces dissemblances physiques eussent facilement
frappé le moins observateur des hommes; mais un
physionomiste, en regardant d'un peu près ces deux
étrangers, aurait nettement déterminé le contraste
physiologique qui les caractérisait, en disant que si le
Français était « tout yeux », l'Anglais était « tout
oreilles ».

En effet, l'appareil optique de l'un avait été singulièrement perfectionné par l'usage. La sensibilité de
sa rétine devait être aussi instantanée que celle de
ces prestidigitateurs, qui reconnaissent une carte rien
que dans un mouvement rapide de coupe, ou seulement à la disposition d'un tarot inaperçu de tout autre.
Ce Français possédait donc au plus haut degré ce
que l'on appelle « la mémoire de l'œil ».

L'Anglais, au contraire, paraissait spécialement

organisé pour écouter et pour entendre. Lorsque son
appareil auditif avait été frappé du son d'une voix, il
ne pouvait plus l'oublier, et dans dix ans, dans vingt
ans, il l'eût reconnu entre mille. Ses oreilles n'avaient
certainement pas la possibilité de se mouvoir comme
celles des animaux qui sont pourvus de grands pavil-
lons auditifs; mais, puisque les savants ont constaté
que les oreilles humaines ne sont « qu'à peu près »
immobiles, on aurait eu le droit d'affirmer que celles
du susdit Anglais, se dressant, se tordant, s'obliquant,
cherchaient à percevoir les sons d'une façon quelque
peu apparente pour le naturaliste.

Il convient de faire observer que cette perfection de
la vue et de l'ouïe chez ces deux hommes les servait
merveilleusement dans leur métier, car l'Anglais était
un correspondant du *Daily-Telegraph*, et le Français,
un correspondant du.... De quel journal ou de quels
journaux, il ne le disait pas, et lorsqu'on le lui demandait, il répondait plaisamment qu'il correspondait avec
« sa cousine Madeleine ». Au fond, ce Français, sous
son apparence légère, était très-perspicace et très-fin.
Tout en parlant un peu à tort et à travers, peut-être
pour mieux cacher son désir d'apprendre, il ne se livrait jamais. Sa loquacité même le servait à se taire,
et peut-être était-il plus serré, plus discret que son confrère du *Daily-Telegraph*.

Et si tous deux assistaient à cette fête, donnée au Palais-Neuf dans la nuit du 15 au 16 juillet, c'était en qualité de journalistes, et pour la plus grande édification de leurs lecteurs.

Il va sans dire que ces deux hommes étaient passionnés pour leur mission en ce monde, qu'ils aimaient à se lancer comme des furets sur la piste des nouvelles les plus inattendues, que rien ne les effrayait ni ne les rebutait pour réussir, qu'ils possédaient l'imperturbable sang-froid et la réelle bravoure des gens du métier. Vrais jockeys de ce steeple-chase, de cette chasse à l'information, ils enjambaient les haies, ils franchissaient les rivières, ils sautaient les banquettes avec l'ardeur incomparable de ces coureurs pur sang, qui veulent arriver « bons premiers » ou mourir !

D'ailleurs, leurs journaux ne leur ménageaient pas l'argent, — le plus sûr, le plus rapide, le plus parfait élément d'information connu jusqu'à ce jour. Il faut ajouter aussi, et à leur honneur, que ni l'un ni l'autre ne regardaient ni n'écoutaient jamais par-dessus les murs de la vie privée, et qu'ils n'opéraient que lorsque des intérêts politiques ou sociaux étaient en jeu. En un mot, ils faisaient ce qu'on appelle depuis quelques années « le grand reportage politique et militaire ».

Seulement, on verra, en les suivant de près, qu'ils avaient la plupart du temps une singulière façon d'en-

visager les faits et surtout leurs conséquences, ayant
chacun « leur manière à eux » de voir et d'apprécier.
Mais enfin, comme ils y allaient bon jeu bon argent, et
ne s'épargnaient en aucune occasion, on aurait eu
mauvaise grâce à les en blâmer.

Le correspondant français se nommait Alcide Jolivet.
Harry Blount était le nom du correspondant anglais.
Ils venaient de se rencontrer pour la première fois à
cette fête du Palais-Neuf, dont ils avaient été chargés
de rendre compte dans leur journal. La discordance
de leur caractère, jointe à une certaine jalousie de
métier, devait les rendre assez peu sympathiques l'un
à l'autre. Cependant, ils ne s'évitèrent pas et cherchè-
rent plutôt à se pressentir réciproquement sur les nouvelles du jour. C'étaient deux chasseurs, après tout,
chassant sur le même territoire, dans les mêmes
réserves. Ce que l'un manquait pouvait être avan-
tageusement tiré par l'autre, et leur intérêt même
voulait qu'ils fussent à portée de se voir et de s'entendre.

Ce soir-là, ils étaient donc tous les deux à l'affût. Il
y avait, en effet, quelque chose dans l'air.

« Quand ce ne serait qu'un passage de canards, se
disait Alcide Jolivet, ça vaut son coup de fusil ! »

Les deux correspondants furent donc amenés à causer l'un avec l'autre pendant le bal, quelques intants

après la sortie du général Kissoff, et ils le firent en se tâtant un peu.

« Vraiment, monsieur, cette petite fête est charmante! dit d'un air aimable Alcide Jolivet, qui crut devoir entrer en conversation par cette phrase éminemment française.

— J'ai déjà télégraphié : splendide ! répondit froidement Harry Blount, en employant ce mot, spécialement consacré pour exprimer l'admiration quelconque d'un citoyen du Royaume-Uni.

— Cependant, ajouta Alcide Jolivet, j'ai cru devoir marquer en même temps à ma cousine...

— Votre cousine ?.. répéta Harry Blount d'un ton surpris, en interrompant son confrère.

— Oui,.. reprit Alcide Jolivet, ma cousine Madeleine... C'est avec elle que je corresponds ! Elle aime à être informée vite et bien, ma cousine !.. J'ai donc cru devoir lui marquer que, pendant cette fête, une sorte de nuage avait semblé obscurcir le front du souverain.

— Pour moi, il m'a paru rayonnant, répondit Harry Blount, qui voulait peut-être dissimuler sa pensée à ce sujet.

— Et, naturellement, vous l'avez fait « rayonner » dans les colonnes du *Daily-Telegraph*.

— Précisément.

— Vous rappelez-vous, monsieur Blount, dit Alcide Jolivet, ce qui s'est passé à Zakret en 1812 ?

— Je me le rappelle comme si j'y avais été, monsieur, répondit le correspondant anglais.

— Alors, reprit Alcide Jolivet, vous savez qu'au milieu d'une fête donnée en son honneur, on annonça à l'empereur Alexandre que Napoléon venait de passer le Niémen avec l'avant-garde française. Cependant, l'empereur ne quitta pas la fête, et, malgré l'extrême gravité d'une nouvelle qui pouvait lui coûter l'empire, il ne laissa pas percer plus d'inquiétude...

— Que ne vient d'en montrer notre hôte, lorsque le général Kissoff lui a appris que les fils télégraphiques venaient d'être coupés entre la frontière et le gouvernement d'Irkoutsk.

— Ah! vous connaissez ce détail ?

— Je le connais.

— Quant à moi, il me serait difficile de l'ignorer, puisque mon dernier télégramme est allé jusqu'à Oudinsk, fit observer Alcide Jolivet avec une certaine satisfaction.

— Et le mien jusqu'à Krasnoiarsk seulement, répondit Harry Blount d'un ton non moins satisfait.

— Alors vous savez aussi que des ordres ont été envoyés aux troupes de Nikolaevsk ?

— Oui, monsieur, en même temps qu'on télégraphinit aux Cosaques du gouvernement de Tobolsk de se concentrer.

— Rien n'est plus vrai, monsieur Blount, ces mesures m'étaient également connues, et croyez bien que mon aimable cousine en saura dès demain quelque chose !

— Exactement comme le sauront, eux aussi, les lecteurs du *Daily-Telegraph*, monsieur Jolivet.

— Voilà ! Quand on voit tout ce qui se passe !...

— Et quand on écoute tout ce qui se dit !..

— Une intéressante campagne à suivre, monsieur Blount.

— Je la suivrai, monsieur Jolivet.

— Alors, il est possible que nous nous retrouvions sur un terrain moins sûr peut-être que le parquet de ce salon !

— Moins sûr, oui, mais...

— Mais aussi moins glissant ! » répondit Alcide Jolivet, qui retint son collègue, au moment où celui-ci allait perdre l'équilibre en se reculant.

Et, là-dessus, les deux correspondants se séparèrent, assez contents, en somme, de savoir que l'un n'avait pas distancé l'autre. En effet, ils étaient à deux de jeu.

En ce moment, les portes des salles contiguës au grand salon furent ouvertes. Là se dressaient plusieurs vastes tables merveilleusement servies et chargées à profusion de porcelaines précieuses et de vaisselle d'or. Sur la table centrale, réservée aux princes, aux princesses et aux membres du corps diplomatique, étincelait un surtout d'un prix inestimable, venu des fabriques de Londres, et autour de ce chef-d'œuvre d'orfévrerie miroitaient, sous le feu des lustres, les mille pièces du plus admirable service qui fût jamais sorti des manufactures de Sèvres.

Les invités du Palais-Neuf commencèrent alors à se diriger vers les salles du souper.

A cet instant, le général Kissoff, qui venait de rentrer, s'approcha rapidement de l'officier des chasseurs de la garde.

« Eh bien? lui demanda vivement celui-ci, ainsi qu'il avait fait la première fois.

— Les télégrammes ne passent plus Tomsk, sire.

— Un courrier à l'instant! »

L'officier quitta le grand salon et entra dans une vaste pièce y attenant. C'était un cabinet de travail, très-simplement meublé en vieux chêne, et situé à l'angle du Palais-Neuf. Quelques tableaux, entre autres plusieurs toiles signées d'Horace Vernet, étaient suspendus au mur.

L'officier ouvrit vivement la fenêtre, comme si l'oxygène eût manqué à ses poumons, et il vint respirer, sur un large balcon, cet air pur que distillait une belle nuit de juillet.

Sous ses yeux, baignée par les rayons lunaires, s'arrondissait une enceinte fortifiée, dans laquelle s'élevaient deux cathédrales, trois palais et un arsenal. Autour de cette enceinte se dessinaient trois villes distinctes, Kitaï-Gorod, Beloï-Gorod, Zemlianoï-Gorod, immenses quartiers européens, tartares ou chinois, que dominaient les tours, les clochers, les minarets, les coupoles de trois cents églises, aux dômes verts, surmontés de croix d'argent. Une petite rivière, au cours sinueux, réverbérait çà et là les rayons de la lune. Tout cet ensemble formait une curieuse mosaïque de maisons diversement colorées, qui s'enchâssait dans un vaste cadre de dix lieues.

Cette rivière, c'était la Moskowa, cette ville, c'était Moscou, cette enceinte fortifiée, c'était le Kremlin, et l'officier des chasseurs de la garde, qui, les bras croisés, le front songeur, écoutait vaguement le bruit jeté par le Palais-Neuf sur la vieille cité moscovite, c'était le czar.

CHAPITRE II

RUSSES ET TARTARES.

Si le czar avait si inopinément quitté les salons du Palais-Neuf, au moment où la fête qu'il donnait aux autorités civiles et militaires et aux principaux notables de Moscou était dans tout son éclat, c'est que de graves événements s'accomplissaient alors au delà des frontières de l'Oural. On ne pouvait plus en douter, une redoutable invasion menaçait de soustraire à l'autonomie russe les provinces sibériennes.

La Russie asiatique ou Sibérie couvre une aire superficielle de cinq cent soixante mille lieues et compte environ deux millions d'habitants. Elle s'étend depuis les monts Ourals, qui la séparent de la Russie d'Europe, jusqu'au littoral de l'océan Pacifique. Au sud, c'est le Turkestan et l'empire chinois qui la délimitent suivant une frontière assez indéterminée; au nord, c'est l'océan Glacial depuis la mer de Kara jusqu'au détroit de Behring. Elle est divisée en gouvernements ou provinces, qui sont ceux de Tobolsk, d'Yeniseisk, d'Irkoutsk, d'Omsk, de Iakoutsk ; elle comprend deux districts, ceux d'Okhotsk et de Kamtschatka, et possède deux pays, maintenant soumis à la domination moscovite, le pays des Kirghis et le pays des Tchouktches.

Cette immense étendue de steppes, qui renferme plus de cent dix degrés de l'ouest à l'est, est à la fois une terre de déportation pour les criminels, une terre d'exil pour ceux qu'un ukase a frappés d'expulsion.

Deux gouverneurs généraux représentent l'autorité suprême des czars en ce vaste pays. L'un réside à Irkoutsk, capitale de la Sibérie orientale ; l'autre réside à Tobolsk, capitale de la Sibérie occidentale. La rivière Tchouna, un affluent du fleuve Yeniseï, sépare les deux Sibéries.

Aucun chemin de fer ne sillonne encore ces immenses plaines, dont quelques-unes sont véritablement d'une extrême fertilité. Aucune voie ferrée ne dessert les mines précieuses qui font, sur de vastes étendues, le sol sibérien plus riche au-dessous qu'au-dessus de sa

surface. On y voyage en tarentass ou en télègue, l'été ;
en traîneau, l'hiver.

Une seule communication, mais une communication
électrique, joint les deux frontières ouest et est de la
Sibérie au moyen d'un fil qui mesure plus de huit mille
verstes de long (8,536 kilomètres) (1). A sa sortie de
l'Oural, il passe par Ekaterinbourg, Kassimow, Tioumen, Ichim, Omsk, Elamsk, Kolyvan, Tomsk, Krasnoïarsk, Nijni-Oudinsk, Irkoutsk, Verkne-Nertschink,
Strelink, Albazine, Blagowstenks, Radde, Orlomskaya,
Alexandrowskoë, Nikolaevsk, et prend six roubles et
dix-neuf kopeks par chaque mot lancé à son extrême
limite (2). D'Irkoutsk un embranchement va se souder
à Kiakhta sur la frontière mongole, et de là, à trente
kopeks par mot, la poste transporte les dépêches à Pé-
king en quatorze jours.

C'est ce fil, tendu d'Ekaterinbourg à Nikolaevsk, qui
avait été coupé, d'abord en avant de Tomsk, et, quelques heures plus tard, entre Tomsk et Kolyvan.

C'est pourquoi le czar, après la communication que
venait de lui faire pour la seconde fois le général
Kissoff, n'avait-il répondu que par ces seuls mots : « Un
courrier à l'instant ! »

---

(1) La verste vaut 1,067 mètres, c'est-à-dire un peu plus d'un kilomètre.
(2) Environ 27 francs. Le rouble (argent) vaut 3 francs 75 centimes.
Le kopek (cuivre) vaut 4 centimes.

Le czar était, depuis quelques instants, immobile à la fenêtre de son cabinet, lorsque les huissiers en ouvrirent de nouveau la porte. Le grand maître de police apparut sur le seuil.

« Entre, général, dit le czar d'une voix brève, et dis-moi tout ce que tu sais d'Ivan Ogareff.

— C'est un homme extrêmement dangereux, sire, répondit le grand maître de police.

— Il avait rang de colonel?

— Oui, sire.

— C'était un officier intelligent?

— Très-intelligent, mais impossible à maîtriser, et d'une ambition effrénée qui ne reculait devant rien. Il s'est bientôt jeté dans de secrètes intrigues, et c'est alors qu'il a été cassé de son grade par Son Altesse le grand-duc, puis exilé en Sibérie.

— A quelle époque?

— Il y a deux ans. Gracié après six mois d'exil par la faveur de Votre Majesté, il est rentré en Russie.

— Et, depuis cette époque, n'est-il pas retourné en Sibérie?

— Oui, sire, il y est retourné, mais volontairement cette fois, » répondit le grand maître de police.

Et il ajouta, en baissant un peu la voix :

« Il fut un temps, sire, où, quand on allait en Sibérie, on n'en revenait pas !

— Eh bien, moi vivant, la Sibérie est et sera un pays dont on revient! »

Le czar avait le droit de prononcer ces paroles avec une véritable fierté, car il a souvent montré, par sa clémence, que la justice russe savait pardonner.

Le grand maître de police ne répondit rien, mais il était évident qu'il n'était pas partisan des demi-mesures. Selon lui, tout homme qui avait passé les monts Ourals entre les gendarmes ne devait plus jamais les franchir. Or, il n'en était pas ainsi sous le nouveau règne, et le grand maître de police le déplorait sincèrement! Comment! plus de condamnation à perpétuité pour d'autres crimes que les crimes de droit commun! Comment! des exilés politiques revenaient de Tobolsk, d'Iakoutsk, d'Irkoutsk! En vérité, le grand maître de police, habitué aux décisions autocratiques des ukases qui jadis ne pardonnaient pas, ne pouvait admettre cette façon de gouverner! Mais il se tut, attendant que le czar l'interrogeât de nouveau.

Les questions ne se firent pas attendre.

« Ivan Ogareff, demanda le czar, n'est-il pas rentré une seconde fois en Russie après ce voyage dans les provinces sibériennes, voyage dont le véritable but est resté inconnu?

— Il y est rentré.

— Et, depuis son retour, la police a perdu ses traces ?

— Non, sire, car un condamné ne devient véritablement dangereux que du jour où il a été gracié ! »

Le front du czar se plissa un instant. Peut-être le grand maître de police put-il craindre d'avoir été trop loin, — bien que son entêtement dans ses idées fût au moins égal au dévouement sans bornes qu'il avait pour son maître; mais le czar, dédaignant ces reproches indirects touchant sa politique intérieure, continua brièvement la série de ses questions :

« En dernier lieu, où était Ivan Ogareff ?

— Dans le gouvernement de Perm.

— En quelle ville ?

— A Perm même.

— Qu'y faisait-il ?

— Il semblait inoccupé, et sa conduite n'offrait rien de suspect.

— Il n'était pas sous la surveillance de la haute police ?

— Non, sire.

— A quel moment a-t-il quitté Perm ?

— Vers le mois de mars.

— Pour aller ?…

— On l'ignor-

— Et, depuis cette époque, on ne sait ce qu'il est devenu?

-- On ne le sait.

— Eh bien, je le sais, moi! répondit le czar. Des avis anonymes, qui n'ont pas passé par les bureaux de la police, m'ont été adressés, et, en présence des faits qui s'accomplissent maintenant au delà de la frontière, j'ai tout lieu de croire qu'ils sont exacts!

— Voulez-vous dire, sire, s'écria le grand maître de police, qu'Ivan Ogareff a la main dans l'invasion tartare?

— Oui, général, et je vais t'apprendre ce que tu ignores. Ivan Ogareff, après avoir quitté le gouvernement de Perm, a passé les monts Ourals. Il s'est jeté en Sibérie, dans les steppes kirghises, et, là, il a tenté, non sans succès, de soulever ces populations nomades. Il est alors descendu plus au sud, jusque dans le Turkestan libre. Là, aux khanats de Boukhara, de Khokhand, de Koundouze, il a trouvé des chefs disposés à jeter leurs hordes tartares dans les provinces sibériennes et à provoquer une invasion générale de l'empire russe en Asie. Le mouvement a été fomenté secrètement, mais il vient d'éclater comme un coup de foudre, et maintenant les voies et moyens de communication sont coupés entre la Sibérie occidentale et la Sibérie orientale! De plus, Ivan Ogareff, altéré de vengeance, veut attenter à la vie de mon frère! »

Le czar s'était animé en parlant et marchait à pas précipités. Le grand maître de police ne répondit rien, mais il se disait, à part lui, qu'au temps où les empereurs de Russie ne graciaient jamais un exilé, les projets d'Ivan Ogareff n'auraient pu se réaliser.

Quelques instants s'écoulèrent, pendant lesquels il garda le silence. Puis, s'approchant du czar, qui s'était jeté sur un fauteuil :

« Votre Majesté, dit-il, a sans doute donné des ordres pour que cette invasion fût repoussée au plus vite ?

— Oui, répondit le czar. Le dernier télégramme qui a pu passer à Nijni-Oudinsk a dû mettre en mouvement les troupes des gouvernements d'Yeniseisk, d'Irkoutsk, d'Iakoutsk, celles des provinces de l'Amour et du lac Baïkal. En même temps, les régiments de Perm et de Nijni-Novgorod et les Cosaques de la frontière se dirigent à marche forcée vers les monts Ourals ; mais, malheureusement, il faudra plusieurs semaines avant qu'ils puissent se trouver en face des colonnes tartares !

— Et le frère de Votre Majesté, Son Altesse le grand-duc, en ce moment isolé dans le gouvernement d'Irkoutsk, n'est plus en communication directe avec Moscou ?

— Non.

— Mais il doit savoir, par les dernières dépêches,

quelles sont les mesures prises par Votre Majesté et quels secours il doit attendre des gouvernements les plus rapprochés de celui d'Irkoutsk?

— Il le sait, répondit le czar, mais ce qu'il ignore, c'est qu'Ivan Ogareff, en même temps que le rôle de rebelle, doit jouer le rôle de traître, et qu'il a en lui un ennemi personnel et acharné. C'est au grand-duc qu'Ivan Ogareff doit sa première disgrâce, et, ce qu'il y a de plus grave, c'est que cet homme n'est pas connu de lui. Le projet d'Ivan Ogareff est donc de se rendre à Irkoutsk, et là, sous un faux nom, d'offrir ses services au grand-duc. Puis, après qu'il aura capté sa confiance, lorsque les Tartares auront investi Irkoutsk, il livrera la ville, et avec elle mon frère, dont la vie est directement menacée. Voilà ce que je sais par mes rapports, voilà ce que ne sait pas le grand-duc, et voilà ce qu'il faut qu'il sache!

— Eh bien, sire, un courrier intelligent, courageux....

— Je l'attends.

— Et qu'il fasse diligence, ajouta le grand maître de police, car permettez-moi d'ajouter, sire, que c'est une terre propice aux rébellions que cette terre sibérienne!

— Veux-tu dire, général, que les exilés feraient cause commune avec les envahisseurs? s'écria le czar.

qui ne fut pas maître de lui-même devant cette insinuation du grand maître de police.

— Que Votre Majesté m'excuse!... répondit en balbutiant le grand maître de police, car c'était bien véritablement la pensée que lui avait suggérée son esprit
inquiet et défiant.

— Je crois aux exilés plus de patriotisme! reprit le
czar.

— Il y a d'autres condamnés que les exilés politiques
en Sibérie, répondit le grand maître de police.

— Les criminels! Oh! général, ceux-là je te les
abandonne! C'est le rebut du genre humain. Ils ne
sont d'aucun pays. Mais le soulèvement, ou plutôt
l'invasion n'est pas faite contre l'empereur, c'est contre la Russie, contre ce pays, que les exilés n'ont pas
perdu toute espérance de revoir... et qu'ils reverront!..
Non, jamais un Russe ne se liguera avec un Tartare
pour affaiblir, ne fût-ce qu'une heure, la puissance
moscovite! »

Le czar avait raison de croire au patriotisme de
ceux que sa politique tenait momentanément éloignés.
La clémence, qui était le fond de sa justice, quand il
pouvait en diriger lui-même les effets, les adoucis-
sements considérables qu'il avait adoptés dans l'ap-
plication des ukases, si terribles autrefois, lui garan-
tissaient qu'il ne pouvait se méprendre. Mais, même

sans ce puissant élément de succès apporté à l'invasion
tartare, les circonstances n'en étaient pas moins très-
graves, car il était à craindre qu'une grande partie de
la population kirghise ne se joignît aux envahisseurs.

Les Kirghis se divisent en trois hordes, la grande,
la petite et la moyenne, et comptent environ quatre
cent mille « tentes », soit deux millions d'âmes. De ces
diverses tribus, les unes sont indépendantes, et les
autres reconnaissent la souveraineté, soit de la Russie,
soit des khanats de Khiva, de Khokhand et de Boukhara, c'est-à-dire des plus redoutables chefs du Turkestan. La horde moyenne, la plus riche, est en même
temps la plus considérable, et ses campements occu-
pent tout l'espace compris entre les cours d'eau du
Sara-Sou, de l'Irtyche, de l'Ichim supérieur, le lac
Hadisang et le lac Aksakal. La grande horde, qui
occupe les contrées situées dans l'est de la moyenne,
s'étend jusqu'aux gouvernements d'Omsk et de Tobolsk. Si donc ces populations kirghises se soulevaient,
c'était l'envahissement de la Russie asiatique, et, tout
d'abord, la séparation de la Sibérie, à l'est de l'Ye-
nisei.

Il est vrai que ces Kirghis, fort novices dans l'art de
la guerre, sont plutôt des pillards nocturnes et agres-
seurs de caravanes que des soldats réguliers. Ainsi
que l'a dit M. Levchine, « un front serré ou un carré

« de bonne infanterie résiste à une masse de Kirghis
« dix fois plus nombreux, et un seul canon peut en
« détruire une quantité effroyable. »

Soit, mais encore faut-il que ce carré de bonne infanterie arrive dans le pays soulevé, et que les bouches à feu quittent les parcs des provinces russes,
qui sont éloignées de deux ou trois mille verstes. Or,
sauf par la route directe qui joint Ekaterinbourg à
Irkoutsk, les steppes, souvent marécageuses, ne sont
pas aisément praticables, et plusieurs semaines s'écou-
leraient certainement avant que les troupes russes
pussent se trouver en mesure de repousser les hordes
tartares.

Omsk est le centre de l'organisation militaire de la
Sibérie occidentale qui est destinée à tenir en respect
les populations kirghises. Là sont les limites que ces
nomades, incomplétement soumis, ont plus d'une
fois insultées, et, au ministère de la guerre, on avait
tout lieu de penser qu'Omsk était déjà très-menacé.
La ligne des colonies militaires, c'est-à-dire de ces
postes de Cosaques qui sont échelonnés depuis Omsk
jusqu'à Sémipalatinsk, devait avoir été forcée en plusieurs points. Or, il était à craindre que les « grands
sultans» qui gouvernent les districts kirghis n'eussent
accepté volontairement ou subi involontairement la
domination des Tartares, musulmans comme eux, et

qu'à la haine provoquée par l'asservissement ne se fût jointe la haine due à l'antagonisme des religions grecque et musulmane.

Depuis longtemps, en effet, les Tartares du Turkestan, et principalement ceux des khanats de Boukhara, de Khokhand, de Koundouze, cherchaient, aussi bien par la force que par la persuasion, à soustraire les hordes kirghises à la domination moscovite.

Quelques mots seulement sur ces Tartares.

Les Tartares appartiennent plus spécialement à deux races distinctes, la race caucasique et la race mongole.

La race caucasique, celle, a dit Abel de Rémusat, « qui est regardée en Europe comme le type de la « beauté de notre espèce, parce que tous les peuples « de cette partie du monde en sont issus, » réunit sous une même dénomination les Turcs et les indigènes de souche persane.

La race purement mongolique comprend les Mongols, les Mandchoux et les Thibétains.

Les Tartares, qui menaçaient alors l'empire russe, étaient de race caucasique et occupaient plus particulièrement le Turkestan. Ce vaste pays est divisé en différents États, qui sont gouvernés par des khans, d'où la dénomination de khanats. Les principaux khanats sont ceux de Boukhara, de Khiva, de Khokhand, de Koundouze, etc.

A cette époque, le khanat le plus important et le plus redoutable était celui de Boukhara. La Russie avait déjà eu à lutter plusieurs fois avec ses chefs, qui, dans un intérêt personnel et pour leur imposer un autre joug, avaient soutenu l'indépendance des Kirghis contre la domination moscovite. Le chef actuel, Féofar-Khan, marchait sur les traces de ses prédécesseurs.

Ce khanat de Boukhara s'étend du nord au sud, entre les trente-septième et quarante et unième parallèles, et de l'est à l'ouest, entre les soixante et unième et soixante-sixième degrés de longitude, c'est-à-dire sur une surface d'environ dix mille lieues carrées.

On compte dans cet État une population de deux millions cinq cent mille habitants, une armée de soixante mille hommes, portée au triple en temps de guerre, et trente mille cavaliers. C'est un pays riche, varié dans ses productions animales, végétales, minérales, et qui a été agrandi par l'accession des territoires de Balkh, d'Aukoï et de Meïmaneh. Il possède dix-neuf villes considérables. Boukhara, ceinte d'une muraille mesurant plus de huit milles anglais et flanquée de tours, cité glorieuse qui fut illustrée par les Avicenne et autres savants du x⁰ siècle, est regardée comme le centre de la science musulmane et rangée

parmi les plus célèbres de l'Asie centrale ; Samarcande,
qui possède le tombeau de Tamerlan et ce palais célèbre où l'on garde cette pierre bleue sur laquelle chaque
nouveau khan doit venir s'asseoir à son avénement,
est défendue par une citadelle extrêmement forte ;
Karschi, avec sa triple enceinte, située dans une oasis
qu'entoure un marais peuplé de tortues et de lézards,
est presque imprenable ; Tschardjoui est défendue par
une population de près de vingt mille âmes ; enfin,
Katta-Kourgan, Nourata, Djizah, Païkande, Karakoul,
Khouzar, etc., forment un ensemble de villes difficiles à réduire. Ce khanat de Boukhara, protégé par
ses montagnes, isolé par ses steppes, est donc un
État véritablement redoutable, et la Russie serait forcée de lui opposer des forces importantes.

Or, c'était l'ambitieux et farouche Féofar qui gou-
vernait alors ce coin de la Tartarie. Appuyé sur les
autres khans, — principalement ceux de Khokhand et
de Koundouze, guerriers cruels et pillards, tout disposés à se jeter dans des entreprises chères à l'instinct
tartare, — aidé des chefs qui commandaient à toutes
les hordes de l'Asie centrale, il s'était mis à la tête de
cette invasion, dont Ivan Ogareff était l'âme. Ce traître,
poussé par une ambition insensée autant que par la
haine, avait régularisé le mouvement de manière à
couper la grande route sibérienne. Fou, en vérité, s'il

croyait pouvoir entamer l'empire moscovite! Sous son inspiration, l'émir — c'est le titre que prennent les khans de Boukhara — avait lancé ses hordes au delà de la frontière russe. Il avait envahi le gouvernement de Sémipalatinsk, et les Cosaques, qui se trouvaient en trop petit nombre sur ce point, avaient dû reculer devant lui. Il s'était avancé plus loin que le lac Bal- khach, entraînant les populations kirghises sur son passage. Pillant, ravageant, enrôlant ceux qui se sou- mettaient, capturant ceux qui résistaient, il se trans- portait d'une ville à l'autre, suivi de ces impedimenta de souverain oriental, qu'on pourrait appeler sa mai- son civile, ses femmes et ses esclaves, — le tout avec l'audace impudente d'un Gengis-Khan moderne.

Où était-il en ce moment? Jusqu'où ses soldats étaient-ils parvenus à l'heure où la nouvelle de l'inva- sion arrivait à Moscou? A quel point de la Sibérie les troupes russes avaient-elles dû reculer? on ne pou- vait le savoir. Les communications étaient interrom- pues. Le fil, entre Kolyvan et Tomsk, avait-il été brisé par quelques éclaireurs de l'armée tartare, ou l'émir était-il arrivé jusqu'aux provinces de l'Yeniseisk? Toute la basse Sibérie occidentale était-elle en feu? Le soulèvement s'étendait-il déjà jusqu'aux régions de l'est? on ne pouvait le dire. Le seul agent qui ne craint ni le froid ni le chaud, celui que ni les rigueurs de l'hiver ni les chaleurs de l'été ne peuvent arrêter, qui vole avec la rapidité de la foudre, le courant électrique, ne pouvait plus se propager à travers la steppe, et il n'était plus possible de prévenir le grand-duc, enfermé dans Irkoutsk, du danger dont le menaçait la trahison d'Ivan Ogareff.

Un courrier seul pouvait remplacer le courant interrompu. Il faudrait, à cet homme, un certain temps pour franchir les cinq mille deux cents verstes (5,523 kilomètres) qui séparent Moscou d'Irkoutsk. Il devrait, pour traverser les rangs des rebelles et des envahisseurs, déployer à la fois un courage et une intelligence pour ainsi dire surhumains. Mais, avec de la tête et du cœur, on va loin!

« Trouverai-je cette tête et ce cœur? » se demandait le czar.

CHAPITRE III

MICHEL STROGOFF.

La porte du cabinet impérial s'ouvrit bientôt, et l'huissier annonça le général Kissoff.

« Ce courrier? demanda vivement le czar.

— Il est là, sire, répondit le général Kissoff.

— Tu as trouvé l'homme qu'il fallait?

— J'ose en répondre à Votre Majesté.

— Il était de service au palais?

— Oui, sire.

— Tu le connais?

— Personnellement, et plusieurs fois il a rempli avec succès des missions difficiles.

— A l'étranger?

— En Sibérie même.

— D'où est-il?

— D'Omsk. C'est un Sibérien.

— Il a du sang-froid, de l'intelligence, du courage?

— Oui, sire, il a tout ce qu'il faut pour réussir là où d'autres échoueraient peut-être.

— Son âge?

— Trente ans.

— C'est un homme vigoureux?

— Sire, il peut supporter jusqu'aux dernières limites le froid, la faim, la soif, la fatigue.

— Il a un corps de fer?

— Oui, sire.

— Et un cœur?...

— Un cœur d'or.

— Il se nomme?...

— Michel Strogoff.

— Est-il prêt à partir?

— Il attend dans la salle des gardes les ordres de Votre Majesté.

— Qu'il vienne, » dit le czar.

Quelques instants plus tard, le courrier Michel Strogoff entrait dans le cabinet impérial.

Michel Strogoff était haut de taille, vigoureux, épaules larges, poitrine vaste. Sa tête puissante présentait les beaux caractères de la race caucasique.

Ses membres, bien attachés, étaient autant de leviers disposés mécaniquement pour le meilleur accomplissement des ouvrages de force. Ce beau et solide garçon, bien campé, bien planté, n'eût pas été facile à déplacer malgré lui, car, lorsqu'il avait posé ses deux pieds sur le sol, il semblait qu'ils s'y fussent enracinés. Sur sa tête, carrée du haut, large de front, se crépelait une chevelure abondante, qui s'échappait en boucles, quand il la coiffait de la casquette moscovite. Lorsque sa face, ordinairement pâle, venait à se modifier, c'était uniquement sous un battement plus rapide du cœur, sous l'influence d'une circulation plus vive qui lui envoyait la rougeur artérielle. Ses yeux étaient d'un bleu foncé, avec un regard droit, franc, inaltérable, et ils brillaient sous une arcade dont les muscles sourciliers, contractés faiblement, témoignaient d'un courage élevé, « ce courage sans colère des héros », suivant l'expression des physiologistes. Son nez puissant, large de narines, dominait une bouche symétrique avec les lèvres un peu saillantes de l'être généreux et bon.

Michel Strogoff avait le tempérament de l'homme décidé, qui prend rapidement son parti, qui ne se ronge pas les ongles dans l'incertitude, qui ne se gratte pas l'oreille dans le doute, qui ne piétine pas dans l'indécision. Sobre de gestes comme de paroles, il savait rester immobile comme un soldat devant son supérieur ; mais, lorsqu'il marchait, son allure dénotait une grande aisance, une remarquable netteté de mouvements, — ce qui prouvait à la fois la confiance et la volonté vivace de son esprit. C'était un de ces hommes dont la main semble toujours « pleine des cheveux de l'occasion », figure un peu forcée, mais qui les peint d'un trait.

Michel Strogoff était vêtu d'un élégant uniforme militaire, qui se rapprochait de celui des officiers de chasseurs à cheval en campagne, bottes, éperons, pantalon demi-collant, pelisse bordée de fourrure et agrémentée de soutaches jaunes sur fond brun. Sur sa large poitrine brillaient une croix et plusieurs médailles.

Michel Strogoff appartenait au corps spécial des courriers du czar, et il avait rang d'officier parmi ces hommes d'élite. Ce qui se sentait particulièrement dans sa démarche, dans sa physionomie, dans toute sa personne, et ce que le czar reconnut sans peine, c'est qu'il était « un exécuteur d'ordres ». Il possédait donc l'une des qualités les plus recommandables en Russie, suivant l'observation du célèbre romancier Tourguèneff, qualité qui conduit aux plus hautes positions de l'empire moscovite.

En vérité, si un homme pouvait mener à bien ce voyage de Moscou à Irkoutsk, à travers une contrée envahie, surmonter les obstacles et braver les périls de toutes sortes, c'était, entre tous, Michel Strogoff.

Circonstance très-favorable à la réussite de ses projets, Michel Strogoff connaissait admirablement le pays qu'il allait traverser, et il en comprenait les divers idiomes, non-seulement pour l'avoir déjà parcouru, mais parce qu'il était d'origine sibérienne.

Son père, le vieux Pierre Strogoff, mort depuis dix ans, habitait la ville d'Omsk, située dans le gouvernement de ce nom, et sa mère, Marfa Strogoff, y demeurait encore. C'était là, au milieu des steppes sauvages des provinces d'Omsk et de Tobolsk, que le redoutable chasseur sibérien avait élevé son fils Michel « à la dure », suivant l'expression populaire. De sa véritable profession, Pierre Strogoff était chasseur. Été comme hiver, aussi bien par les chaleurs torrides que par des froids qui dépassent quelquefois cinquante degrés au-dessous de zéro, il courait la plaine durcie, les halliers de mélèzes et de bouleaux, les forêts de sapins, tendant ses trappes, guettant le petit gibier au fusil et le gros gibier à la fourche ou au couteau. Le gros gibier n'était rien de moins que l'ours sibérien, redoutable et féroce animal dont la taille égale celle de ses congénères des mers glaciales. Pierre Strogoff avait tué plus de trente-neuf ours, c'est-à-dire que le quarantième était tombé sous ses coups, — et l'on sait, à en croire les légendes cynégétiques de la Russie, combien de chasseurs ont été heureux jusqu'au trente-neuvième ours, qui ont succombé devant le quarantième!

Pierre Strogoff avait donc dépassé sans avoir reçu même une égratignure le nombre fatal. Depuis ce moment, son fils Michel, âgé de onze ans, ne manqua plus de l'accompagner dans ses chasses, portant la « ragatina », c'est-à-dire la fourche, pour venir en aide à son père, armé seulement du couteau. A quatorze ans, Michel Strogoff avait tué son premier ours, tout seul, — ce qui n'était rien ; — mais, après l'avoir dépouillé, il avait traîné la peau du gigantesque animal jusqu'à la maison paternelle, distante de plusieurs verstes, — ce qui indiquait chez l'enfant une vigueur peu commune.

Cette vie lui profita, et, arrivé à l'âge de l'homme fait, il était capable de tout supporter, le froid, le chaud, la faim, la soif, la fatigue. C'était, comme le Yakoute des contrées septentrionales, un homme de fer. Il savait rester vingt-quatre heures sans manger, dix nuits sans dormir, et se faire un abri en pleine steppe, là où d'autres se fussent morfondus à l'air. Doué de sens d'une finesse extrême, guidé par un instinct de Delaware au milieu de la plaine blanche, quand le brouillard interceptait tout horizon, lors même qu'il se trouvait dans le pays des hautes latitudes, où la nuit polaire se prolonge pendant de longs jours, il retrouvait son chemin, là où d'autres n'eussent pu diriger leurs pas. Tous les secrets de son père lui étaient connus. Il avait appris à se guider sur des symptômes presque imperceptibles, projection des aiguilles de glaces, disposition des menues branches d'arbre, émanations apportées des dernières limites de l'horizon, foulée d'herbes dans la forêt, sons vagues qui traversaient l'air, détonations lointaines, passage d'oiseaux dans l'atmosphère embrumée, mille détails qui sont mille jalons pour qui sait les reconnaître. De plus, trempé dans les neiges, comme un damas dans les eaux de Syrie, il avait une santé de fer, ainsi que l'avait dit le général Kissoff, et, ce qui était non moins vrai, un cœur d'or.

L'unique passion de Michel Strogoff était pour sa mère, la vieille Marfa, qui n'avait jamais voulu quitter l'ancienne maison des Strogoff, à Omsk, sur les bords de l'Irtyche, là où le vieux chasseur et elle vécurent si longtemps ensemble. Lorsque son fils la quitta, ce fut le cœur gros, mais en lui promettant de revenir toutes les fois qu'il le pourrait, — promesse qui fut toujours religieusement tenue.

Il avait été décidé que Michel Strogoff, à vingt ans, entrerait au service personnel de l'empereur de Russie, dans le corps des courriers du czar. Le jeune Sibérien, hardi, intelligent, zélé, de bonne conduite, eut d'abord

l'occasion de se distinguer spécialement dans un voyage
au Caucase, au milieu d'un pays difficile, soulevé par
quelques remuants successeurs de Shamyl, puis, plus
tard, pendant une importante mission qui l'entraîna
jusqu'à Petropolowski, dans le Kamtschatka, à l'extrême limite de la Russie asiatique. Durant ces longues
tournées, il déploya des qualités merveilleuses de sang-
froid, de prudence, de courage, qui lui valurent l'appro-
bation et la protection de ses chefs, et il fit rapidement
son chemin.

Quant aux congés qui lui revenaient de droit, après
ces lointaines missions, jamais il ne négligea de les
consacrer à sa vieille mère, — fût-il séparé d'elle par
des milliers de verstes et l'hiver rendît-il les routes
impraticables. Cependant, et pour la première fois,
Michel Strogoff, qui venait d'être très-employé dans
le sud de l'empire, n'avait pas revu la vieille Marfa depuis trois ans, trois siècles ! Or, son congé réglementaire allait lui être accordé dans quelques jours, et il
avait déjà fait ses préparatifs de départ pour Omsk,
quand se produisirent les circonstances que l'on sait.
Michel Strogoff fut donc introduit en présence du czar,
dans la plus complète ignorance de ce que l'empereur
attendait de lui.

Le czar, sans lui adresser la parole, le regarda pendant quelques instants et l'observa d'un œil pénétrant,

tandis que Michel Strogoff demeurait absolument immobile.

Puis, le czar, satisfait de cet examen, sans doute, retourna près de son bureau, et, faisant signe au grand maître de police de s'y asseoir, il lui dicta à voix basse une lettre qui ne contenait que quelques lignes.

La lettre libellée, le czar la relut avec une extrême attention, puis il la signa, après avoir fait précéder son nom de ces mots : « Byt po sémou, » qui signifient : « Ainsi soit-il, » et constituent la formule sacramentelle des empereurs de Russie.

La lettre fut alors introduite dans une enveloppe, que ferma le cachet aux armes impériales.

Le czar, se relevant alors, dit à Michel Strogoff de s'approcher.

Michel Strogoff fit quelques pas en avant et demeura de nouveau immobile, prêt à répondre.

Le czar le regarda encore une fois bien en face, les yeux dans les yeux. Puis, d'une voix brève :

« Ton nom ? demanda-t-il.

— Michel Strogoff, sire.

— Ton grade ?

— Capitaine au corps des courriers du czar.

— Tu connais la Sibérie ?

— Je suis Sibérien.

— Tu es né ?...

— A Omsk.

— As-tu des parents à Omsk ?

— Oui, sire.

— Quels parents ?

— Ma vieille mère. •

Le czar suspendit un instant la série de ses questions. Puis, montrant la lettre qu'il tenait à la main :

« Voici une lettre, dit-il, que je te charge, toi, Michel Strogoff, de remettre en mains propres au grand-duc et à nul autre que lui.

— Je la remettrai, sire.

— Le grand-duc est à Irkoutsk.

— J'irai à Irkoutsk.

— Mais il faudra traverser un pays soulevé par des rebelles, envahi par des Tartares, qui auront intérêt à intercepter cette lettre.

— Je le traverserai.

— Tu te méfieras surtout d'un traître, Ivan Ogareff, qui se rencontrera peut-être sur ta route.

— Je m'en méfierai.

— Passeras-tu par Omsk ?

— C'est mon chemin, sire.

— Si tu vois ta mère, tu risques d'être reconnu. Il ne faut pas que tu voies ta mère ! »

Michel Strogoff eut une seconde d'hésitation.

« Je ne la verrai pas, dit-il.

— Jure-moi que rien ne pourra te faire avouer ni qui tu es ni où tu vas !

— Je le jure.

— Michel Strogoff, reprit alors le czar, en remettant le pli au jeune courrier, prends donc cette lettre, de laquelle dépend le salut de toute la Sibérie et peut-être la vie du grand-duc mon frère.

— Cette lettre sera remise à Son Altesse le grand-duc.

— Ainsi tu passeras quand même ?

— Je passerai, ou l'on me tuera.

— J'ai besoin que tu vives !

— Je vivrai et je passerai, » répondit Michel Strogoff.

Le czar parut satisfait de l'assurance simple et calme avec laquelle Michel Strogoff lui avait répondu.

« Va donc, Michel Strogoff, dit-il, va pour Dieu, pour la Russie, pour mon frère et pour moi ! »

Michel Strogoff salua militairement, quitta aussitôt le cabinet impérial, et, quelques instants après, le Palais-Neuf.

« Je crois que tu as eu la main heureuse, général, dit le czar.

— Je le crois, sire, répondit le général Kissoff, et Votre Majesté peut être assurée que Michel Strogoff fera tout ce que peut faire un homme.

— C'est un homme, en effet, » dit le czar.

CHAPITRE IV

DE MOSCOU A NIJNI-NOVGOROD.

La distance que Michel Strogoff allait franchir entre Moscou et Irkoutsk était de cinq mille deux cents verstes (5,523 kilomètres). Lorsque le fil télégraphique n'était pas encore tendu entre les monts Ourals et la frontière orientale de la Sibérie, le service des dépêches se faisait par des courriers dont les plus rapides employaient dix-huit jours à se rendre de Moscou à Irkoutsk. Mais c'était là l'exception, et cette traversée de la Russie asiatique durait ordinairement de quatre à cinq semaines, bien que tous les moyens de transport fussent mis à la disposition de ces envoyés du czar.

En homme qui ne craint ni le froid ni la neige, Michel Strogoff eût préféré voyager par la rude saison d'hiver, qui permet d'organiser le traînage sur toute l'étendue du parcours. Alors les difficultés inhérentes aux divers genres de locomotion sont en partie diminuées sur ces immenses steppes nivelées par la neige. Plus de cours d'eau à franchir. Partout la nappe glacée sur laquelle le traîneau glisse facilement et rapidement. Peut-être certains phénomènes naturels sont-ils à redouter, à cette époque, tels que permanence et intensité des brouillards, froids excessifs, chasse-neiges longs et redoutables, dont les tourbillons enveloppent quelquefois et font périr des caravanes entières. Il arrive bien aussi que des loups, poussés par la faim, couvrent la plaine par milliers. Mais mieux eût valu courir ces risques, car, avec ce dur hiver, les envahisseurs tartares se fussent de préférence cantonnés dans les villes, leurs maraudeurs n'auraient pas couru la steppe, tout mouvement de troupes eût été impraticable, et Michel Strogoff eût plus facilement passé. Mais il n'avait à choisir ni son temps ni son heure. Quelles que fussent les circonstances, il devait les accepter et partir.

Telle était donc la situation, que Michel Strogoff envisagea nettement, et il se prépara à lui faire face.

D'abord, il ne se trouvait plus dans les conditions ordinaires d'un courrier du czar. Cette qualité, il fallait même que personne ne pût la soupçonner sur son passage. Dans un pays envahi, les espions fourmillent. Lui reconnu, sa mission était compromise. Aussi, en lui remettant une somme importante, qui devait suffire à son voyage et le faciliter dans une certaine mesure, le général Kissoff ne lui donna-t-il aucun ordre écrit portant cette mention : service de l'empereur, qui est le Sésame par excellence. Il se contenta de le munir d'un « podaroshna ».

Ce podaroshna était fait au nom de Nicolas Korpanoff, négociant, demeurant à Irkoutsk. Il autorisait Nicolas Korpanoff à se faire accompagner, le cas échéant, d'une ou plusieurs personnes, et, en outre, il était, par mention spéciale, valable même pour le cas où le gouvernement moscovite interdirait à tous autres nationaux de quitter la Russie.

Le podaroshna n'est autre chose qu'un permis de prendre les chevaux de poste; mais Michel Strogoff ne devait s'en servir que dans le cas où ce permis ne risquerait pas de faire suspecter sa qualité, c'est-à-dire tant qu'il serait sur le territoire européen. Il résultait donc, de cette circonstance, qu'en Sibérie, c'est-à-dire lorsqu'il traverserait les provinces soulevées, il ne pourrait ni agir en maître dans les relais de poste, ni se faire délivrer des chevaux de préférence à tous autres, ni réquisitionner les moyens de transport pour son usage personnel. Michel Strogoff ne devait pas l'oublier : il n'était plus un courrier, mais un simple marchand, Nicolas Korpanoff, qui allait de Moscou à Irkoutsk, et, comme tel, soumis à toutes les éventualités d'un voyage ordinaire.

Passer inaperçu, — plus ou moins rapidement, — mais passer, tel devait être son programme.

Il y a trente ans, l'escorte d'un voyageur de qualité ne comprenait pas moins de deux cents Cosaques montés, deux cents fantassins, vingt-cinq cavaliers baskirs, trois cents chameaux, quatre cents chevaux, vingt-cinq chariots, deux bateaux portatifs et deux pièces de canon. Tel était le matériel nécessité par un voyage en Sibérie.

Lui, Michel Strogoff, n'aurait ni canons, ni cavaliers, ni fantassins, ni bêtes de somme. Il irait en voiture ou à cheval, quand il le pourrait ; à pied, s'il fallait aller à pied.

Les quatorze cents premières verstes (1,493 kilomètres), mesurant la distance comprise entre Moscou et la frontière russe, ne devaient offrir aucune difficulté. Chemin de fer, voitures de poste, bateaux à vapeur, chevaux des divers relais, étaient à la disposition de tous, et, par conséquent, à la disposition du courrier du czar.

Donc, ce matin même du 16 juillet, n'ayant plus rien

de son uniforme, muni d'un sac de voyage qu'il portait sur son dos, vêtu d'un simple costume russe, tunique serrée à la taille, ceinture traditionnelle du moujik, larges culottes, bottes sanglées à la jarretière, Michel Strogoff se rendit à la gare pour y prendre le premier train. Il ne portait point d'armes, ostensiblement du moins; mais sous sa ceinture se dissimulait un revolver, et, dans sa poche, un de ces larges coutelas qui tiennent du couteau et du yatagan, avec lesquels un chasseur sibérien sait éventrer proprement un ours, sans détériorer sa précieuse fourrure.

Il y avait un assez grand concours de voyageurs à la gare de Moscou. Les gares des chemins de fer russes sont des lieux de réunion très-fréquentés, autant au moins de ceux qui regardent partir que de ceux qui partent. Il se tient là comme une petite bourse de nouvelles.

Le train dans lequel Michel Strogoff prit place devait le déposer à Nijni-Novgorod. Là s'arrêtait, à cette époque, la voie ferrée qui, reliant Moscou à Saint-Pétersbourg, doit se continuer jusqu'à la frontière russe. C'était un trajet de quatre cents verstes environ (426 kilomètres), et le train allait les franchir en une dizaine d'heures. Michel Strogoff, une fois arrivé à Nijni-Novgorod, prendrait, suivant les circonstances, soit la route de terre, soit les bateaux à vapeur du

Volga, afin d'atteindre au plus tôt les montagnes de l'Oural.

Michel Strogoff s'étendit donc dans son coin, comme un digne bourgeois que ses affaires n'inquiètent pas outre mesure, et qui cherche à tuer le temps par le sommeil.

Néanmoins, comme il n'était pas seul dans son compartiment, il ne dormit que d'un œil et il écouta de ses deux oreilles.

En effet, le bruit du soulèvement des hordes kirghises et de l'invasion tartare n'était pas sans avoir transpiré quelque peu. Les voyageurs, dont le hasard faisait ses compagnons de voyage, en causaient, mais non sans quelque circonspection.

Ces voyageurs, ainsi que la plupart de ceux que transportait le train, étaient des marchands qui se rendaient à la célèbre foire de Nijni-Novgorod. Monde nécessairement très-mêlé, composé de Juifs, de Turcs, de Cosaques, de Russes, de Géorgiens, de Kalmouks et autres, mais presque tous parlant la langue nationale.

On discutait donc le pour et le contre des graves événements qui s'accomplissaient alors au delà de l'Oural, et ces marchands semblaient craindre que le gouvernement russe ne fût amené à prendre quelques mesures restrictives, surtout dans les provinces confinant à la frontière, — mesures dont le commerce souffrirait certainement.

Il faut le dire, ces égoïstes ne considéraient la guerre, c'est-à-dire la répression de la révolte et la lutte contre l'invasion, qu'au seul point de vue de leurs intérêts menacés. La présence d'un simple soldat, revêtu de son uniforme, — et l'on sait combien l'importance de l'uniforme est grande en Russie, — eût certainement suffi à contenir les langues de ces marchands. Mais, dans le compartiment occupé par Michel Strogoff, rien ne pouvait faire soupçonner la présence d'un militaire, et le courrier du czar, voué à l'incognito, n'était pas homme à se trahir.

Il écoutait donc.

« On affirme que les thés de caravane sont en hausse, disait un Persan, reconnaissable à son bonnet fourré d'astrakan et à sa robe brune à larges plis, usée par le frottement.

— Oh ! les thés n'ont rien à craindre de la baisse, répondit un vieux Juif à mine refrognée. Ceux qui sont sur le marché de Nijni-Novgorod s'expédieront facilement par l'ouest, mais il n'en sera malheureusement pas de même des tapis de Boukhara !

— Comment ! Vous attendez donc un envoi de Boukhara ? lui demanda le Persan.

— Non, mais un envoi de Samarcande, et il n'en est

que plus exposé! Comptez donc sur les expéditions
d'un pays qui est soulevé par les khans depuis Khiva
jusqu'à la frontière chinoise !

— Bon ! répondit le Persan, si les tapis n'arrivent
pas, les traites n'arriveront pas davantage, je sup-
pose !

— Et le bénéfice, Dieu d'Israël! s'écria le petit Juif,
le comptez-vous pour rien ?

— Vous avez raison, dit un autre voyageur, les articles de l'Asie centrale risquent fort de manquer sur
le marché, et il en sera des tapis de Samarcande
comme des laines, des suifs et des châles d'Orient.

— Eh ! prenez garde, mon petit père! répondit un
voyageur russe à l'air goguenard. Vous allez horri-
blement graisser vos châles, si vous les mêlez avec vos
suifs !

— Cela vous fait rire ! répliqua aigrement le marchand, qui goûtait peu ce genre de plaisanteries.

— Eh! quand on s'arracherait les cheveux, quand
on se couvrirait de cendres, répondit le voyageur, cela
changerait-il le cours des choses ? Non ! pas plus que
le cours des marchandises !

— On voit bien que vous n'êtes pas marchand! fit
observer le petit Juif.

— Ma foi, non, digne descendant d'Abraham! Je
ne vends ni houblon, ni édredon, ni miel, ni cire, ni

chènevis, ni viandes salées, ni caviar, ni bois, ni laine, ni rubans, ni chanvre, ni lin, ni maroquin, ni pelleteries !...

— Mais en achetez-vous ? demanda le Persan, qui interrompit la nomenclature du voyageur.

— Le moins que je peux, et seulement pour ma consommation particulière, répondit celui-ci en clignant de l'œil.

—.C'est un plaisant ! dit le Juif au Persan.

— Ou un espion ! répondit celui-ci en baissant la voix. Défions-nous, et ne parlons pas plus qu'il ne faut ! La police n'est pas tendre par le temps qui court, et on ne sait trop avec qui l'on voyage ! »

Dans un autre coin du compartiment, on parlait un peu moins des produits mercantiles, mais un peu plus de l'invasion tartare et de ses fâcheuses conséquences.

« Les chevaux de Sibérie vont être réquisitionnés, disait un voyageur, et les communications deviendront bien difficiles entre les diverses provinces de l'Asie centrale !

— Est-il certain, lui demanda son voisin, que les Kirghis de la horde moyenne aient fait cause commune avec les Tartares ?

— On le dit, répondit le voyageur en baissant la voix, mais qui peut se flatter de savoir quelque chose dans ce pays !

— J'ai entendu parler de concentration de troupes à la frontière. Les Cosaques du Don sont déjà rassemblés sur le cours du Volga, et on va les opposer aux Kirghis révoltés.

— Si les Kirghis ont descendu le cours de l'Irtyche, la route d'Irkoutsk ne doit pas être sûre ! répondit le voisin. D'ailleurs, hier, j'ai voulu envoyer un télégramme à Krâsnoiarsk, et il n'a pas pu passer. Il est à craindre qu'avant peu les colonnes tartares n'aient isolé la Sibérie orientale !

— En somme, petit père, reprit le premier interlocuteur, ces marchands ont raison d'être inquiets pour leur commerce et leurs transactions. Après avoir réquisitionné les chevaux, on réquisitionnera les bateaux, les voitures, tous les moyens de transport, jusqu'au moment où il ne sera plus permis de faire un pas sur toute l'étendue de l'empire.

— Je crains bien que la foire de Nijni-Novgorod ne finisse pas aussi brillamment qu'elle a commencé ! répondit le second interlocuteur, en secouant la tête. Mais la sûreté et l'intégrité du territoire russe avant tout. Les affaires ne sont que les affaires ! »

Si, dans ce compartiment, le sujet des conversations particulières ne variait guère, il ne variait pas davantage dans les autres voitures du train ; mais partout un observateur eût observé une extrême circonspection dans les propos que les causeurs échangeaient entre eux. Lorsqu'ils se hasardaient quelquefois sur le domaine des faits, ils n'allaient jamais jusqu'à pressentir les intentions du gouvernement moscovite, ni à les apprécier.

C'est ce qui fut très-justement remarqué par l'un des voyageurs d'un wagon placé en tête du train. Ce voyageur — évidemment un étranger — regardait de tous ses yeux et faisait vingt questions auxquelles on ne répondait que très-évasivement. A chaque instant penché hors de la portière, dont il tenait la vitre baissée, au vif désagrément de ses compagnons de voyage, il ne perdait pas un point de vue de l'horizon de droite. Il demandait le nom des localités les plus insignifiantes, leur orientation, quel était leur commerce, leur industrie, le nombre de leurs habitants, la moyenne de la mortalité par sexe, etc., et tout cela il l'inscrivait sur un carnet déjà surchargé de notes.

C'était le correspondant Alcide Jolivet, et s'il faisait tant de questions insignifiantes, c'est qu'au milieu de tant de réponses qu'elles amenaient, il espérait surprendre quelque fait intéressant « pour sa cousine ». Mais, naturellement, on le prenait pour un espion, et on ne disait pas devant lui un mot qui eût trait aux événements du jour.

Aussi, voyant qu'il ne pouvait rien apprendre de relatif à l'invasion tartare, écrivit-il sur son carnet :

« Voyageurs d'une discrétion absolue. En matière politique, très-durs à la détente. »

Et tandis qu'Alcide Jolivet notait minutieusement ses impressions de voyage, son confrère, embarqué comme lui dans le même train, et voyageant dans le même but, se livrait au même travail d'observation dans un autre compartiment. Ni l'un ni l'autre ne s'étaient rencontrés, ce jour-là, à la gare de Moscou, et ils ignoraient réciproquement qu'ils fussent partis pour visiter le théâtre de la guerre.

Seulement, Harry Blount, parlant peu, mais écoutant beaucoup, n'avait point inspiré à ses compagnons de route les mêmes défiances qu'Alcide Jolivet. Aussi ne l'avait-on pas pris pour un espion, et ses voisins, sans se gêner, causaient-ils devant lui, en se laissant même aller plus loin que leur circonspection naturelle n'aurait dû le comporter. Le correspondant du *Daily-Telegraph* avait donc pu observer combien les événements préoccupaient ces marchands qui se rendaient à Nijni-Novgorod, et à quel point le commerce avec l'Asie centrale était menacé dans son transit.

Aussi n'hésita-t-il pas à noter sur son carnet cette observation on ne peut plus juste :

«Voyageurs extrêmement inquiets. Il n'est question

que de la guerre, et ils en parlent avec une liberté qui doit étonner entre le Volga et la Vistule! »

Les lecteurs du *Daily-Telegraph* ne pouvaient manquer d'être aussi bien renseignés que la « cousine » d'Alcide Jolivet.

Et, de plus, comme Harry Blount, assis à la gauche du train, n'avait vu qu'une partie de la contrée, qui était assez accidentée, sans se donner la peine de regarder la partie de droite, formée de longues plaines, il ne manqua pas d'ajouter avec l'aplomb britannique:

« Pays montagneux entre Moscou et Wladimir. »

Cependant, il était visible que le gouvernement russe, en présence de ces graves éventualités, prenait quelques mesures sévères, même à l'intérieur de l'empire. Le soulèvement n'avait pas franchi la frontière sibérienne, mais dans ces provinces du Volga, si voisines du pays kirghis, on pouvait craindre l'effet des mauvaises influences.

En effet, la police n'avait encore pu retrouver les traces d'Ivan Ogareff. Ce traître, appelant l'étranger pour venger ses rancunes personnelles, avait-il rejoint Féofar-Khan, ou bien cherchait-il à fomenter la révolte dans le gouvernement de Nijni-Novgorod, qui, à cette époque de l'année, renfermait une population composée de tant d'éléments divers? N'avait-il pas parmi ces Persans, ces Arméniens, ces Kalmouks, qui affluaient au grand marché, des affidés, chargés de provoquer un mouvement à l'intérieur ? Toutes ces hypothèses étaient possibles, surtout dans un pays tel que la Russie.

En effet, ce vaste empire, qui compte douze millions de kilomètres carrés, ne peut pas avoir l'homogénéité des États de l'Europe occidentale. Entre les divers peuples qui le composent, il existe forcément plus que des nuances. Le territoire russe, en Europe, en Asie, en Amérique, s'étend du quinzième degré de longitude est au cent trente-troisième degré de longitude ouest, soit un développement de près de deux cents degrés (1), et du trente-huitième parallèle sud au quatre-vingt-unième parallèle nord, soit quarante-trois degrés (2). On y compte plus de soixante-dix millions d'habitants. On y parle trente langues différentes. La race slave y domine sans doute, mais elle comprend, avec les Russes, des Polonais, des Lithuaniens, des Courlandais. Que l'on y ajoute les Finnois, les Esthoniens, les Lapons, les Tchérémisses, les Tchouvaches, les Permiaks, les Allemands, les Grecs, les Tartares, les tribus caucasiennes, les hordes mongoles, kalmoukes, samoyèdes, kamtschadales, aléoutes, et l'on compren-

---

(1) Soit 2,500 lieues environ.
(2) Soit 1,000 lieues.

dra que l'unité d'un aussi vaste État ait été difficile à maintenir et qu'elle n'ait pu être que l'œuvre du temps, aidée par la sagesse des gouvernements.

Quoi qu'il en soit, Ivan Ogareff avait su, jusqu'alors, échapper à toutes les recherches, et, très-probablement, il devait avoir rejoint l'armée tartare. Mais, à chaque station où s'arrêtait le train, des inspecteurs se présentaient qui examinaient les voyageurs et leur faisaient subir à tous une inspection minutieuse, car, par ordre du grand maître de police, ils étaient à la recherche d'Ivan Ogareff. Le gouvernement, en effet, croyait savoir que ce traître n'avait pas encore pu quitter la Russie européenne. Un voyageur paraissait-il suspect, il allait s'expliquer au poste de police; pendant ce temps, le train repartait sans s'inquiéter en aucune façon du retardataire.

Avec la police russe, qui est très-péremptoire, il est absolument inutile de vouloir raisonner. Ses employés sont revêtus de grades militaires, et ils opèrent militairement. Le moyen, d'ailleurs, de ne pas obéir sans souffler mot à des ordres émanant d'un souverain qui a le droit d'employer cette formule en tête de ses ukases : « Nous, par la grâce de Dieu, empereur et autocrate de toutes les Russies, de Moscou, Kief, Wladimir et Novgorod, czar de Kazan, d'Astrakan, czar de Pologne, czar de Sibérie, czar de la Chersonèse Taurique, seigneur de Pskof, grand prince de Smolensk, de Lithuanie, de Volhynie, de Podolie et de Finlande, prince d'Esthonie, de Livonie, de Courlande et de Semigallie, de Bialystok, de Karélie, de Iougrie, de Perm, de Viatka, de Bolgarie et de plusieurs autres pays, seigneur et grand prince du territoire de Nijni-Novgorod, de Tchernigof, de Riazan, de Polotsk, de Rostof, de Jaroslavl, de Bielozersk, d'Oudorie, d'Obdorie, de Kondinie, de Vitepsk, de Mstislaf, dominateur des régions hyperboréennes, seigneur des pays d'Ivérie, de Kartalinie, de Grouzinie, de Kabardinie, d'Arménie, seigneur héréditaire et suzerain des princes tcherkesses, de ceux des montagnes et autres, héritier de la Norwége, duc de Schleswig-Holstein, de Stormarn, de Dittmarsen et d'Oldenbourg. » Puissant souverain, en vérité, que celui dont les armes sont un aigle à deux têtes, tenant un sceptre et un globe, qu'entourent les écussons de Novgorod, de Wladimir, de Kief, de Kazan, d'Astrakan, de Sibérie, et qu'enveloppe le collier de l'ordre de Saint-André, surmonté d'une couronne royale !

Quant à Michel Strogoff, il était en règle, et, par conséquent, à l'abri de toute mesure de police.

A la station de Wladimir, le train s'arrêta pendant quelques minutes, — ce qui parut suffire au correspondant du *Daily-Telegraph* pour prendre, au double

4

point de vue physique et moral, un aperçu extrêmement complet de cette ancienne capitale de la
Russie.

A la gare de Wladimir, de nouveaux voyageurs mon-
tèrent dans le train. Entre autres, une jeune fille se
présenta à la portière du compartiment occupé par
Michel Strogoff.

Une place vide se trouvait devant le courrier du
czar. La jeune fille s'y plaça, après avoir déposé près
d'elle un modeste sac de voyage en cuir rouge qui
semblait former tout son bagage. Puis, les yeux bais-
sés, sans même avoir regardé les compagnons de
route que le hasard lui donnait, elle se disposa pour
un trajet qui devait durer encore quelques heures.

Michel Strogoff ne put s'empêcher de considérer
attentivement sa nouvelle voisine. Comme elle se trouvait placée de manière à aller en arrière, il lui offrit
même sa place, qu'elle pouvait préférer, mais elle le
remercia en s'inclinant légèrement.

Cette jeune fille devait avoir de seize à dix-sept ans.
Sa tête, véritablement charmante, présentait le type
slave dans toute sa pureté, — type un peu sévère, qui
la destinait à devenir plutôt belle que jolie, lorsque
quelques années de plus auraient fixé définitivement
ses traits. D'une sorte de fanchon qui la coiffait,
s'échappaient à profusion des cheveux d'un blond

doré. Ses yeux étaient bruns avec un regard velouté d'une douceur infinie. Son nez droit se rattachait à ses joues, un peu maigres et pâles, par des ailes légèrement mobiles. Sa bouche était finement dessinée, mais il semblait qu'elle eût, depuis longtemps, désappris de sourire.

La jeune voyageuse était grande, élancée, autant qu'on pouvait juger de sa taille sous l'ample pelisse très-simple qui la recouvrait. Bien que ce fût encore une « très-jeune fille », dans toute la pureté de l'expression, le développement de son front élevé, la forme nette de la partie inférieure de sa figure, donnait l'idée d'une grande énergie morale, — détail qui n'échappa point à Michel Strogoff. Évidemment, cette jeune fille avait déjà souffert dans le passé, et l'avenir, sans doute, ne s'offrait pas à elle sous des couleurs riantes, mais il était non moins certain qu'elle avait su lutter et qu'elle était résolue à lutter encore contre les difficultés de la vie. Sa volonté devait être vivace, persistante, et son calme inaltérable, même dans des circonstances où un homme serait exposé à fléchir ou à s'irriter.

Telle était l'impression que faisait naître cette jeune fille, à première vue. Michel Strogoff, étant lui-même d'une nature énergique, devait être frappé du caractère de cette physionomie, et, tout en prenant garde de ne point l'importuner par l'insistance de son regard, il observa sa voisine avec une certaine attention.

Le costume de la jeune voyageuse était à la fois d'une simplicité et d'une propreté extrêmes. Elle n'était pas riche, cela se devinait aisément, mais on eût vainement cherché sur ses vêtements quelque marque de négligence. Tout son bagage tenait dans un sac de cuir, fermé à clef, et que, faute de place, elle tenait sur ses genoux.

Elle portait une longue pelisse de couleur sombre, sans manches, qui se rajustait gracieusement à son cou par un liseré bleu. Sous cette pelisse, une demi-jupe, sombre aussi, recouvrait une robe qui lui tombait aux chevilles, et dont le pli inférieur était orné de quelques broderies peu voyantes. Des demi-bottes en cuir ouvragé, assez fortes de semelles, comme si elles eussent été choisies en prévision d'un long voyage, chaussaient ses pieds, qui étaient petits.

Michel Strogoff, à certains détails, crut reconnaître dans ces habits la coupe des costumes livoniens, et il pensa que sa voisine devait être originaire des provinces baltiques.

Mais où allait cette jeune fille, seule, à cet âge où l'appui d'un père ou d'une mère, la protection d'un frère, sont pour ainsi dire obligés ? Venait-elle donc, après un trajet déjà long, des provinces de la Russie occidentale? Se rendait-elle seulement à Nijni-Novgorod, ou bien le but de son voyage était-il au delà des frontières orientales de l'empire? Quelque parent, quelque ami l'attendait-il à l'arrivée du train? N'était-il pas plus probable, au contraire, qu'à sa descente du wagon, elle se trouverait aussi isolée dans la ville que dans ce compartiment, où personne — elle devait le croire — ne semblait se soucier d'elle? Cela était probable.

En effet, les habitudes que l'on contracte dans l'isolement se montraient d'une façon très-visible dans la manière d'être de la jeune voyageuse. La façon dont elle entra dans le wagon et dont elle se disposa pour la route, le peu d'agitation qu'elle produisit autour d'elle, le soin qu'elle prit de ne déranger et de ne gêner personne, tout indiquait l'habitude qu'elle avait d'être seule et de ne compter que sur elle-même.

Michel Strogoff l'observait avec intérêt, mais, réservé lui-même, il ne chercha pas à faire naître une occasion de lui parler, bien que plusieurs heures dussent s'écouler avant l'arrivée du train à Nijni-Novgorod.

Une fois seulement, le voisin de cette jeune fille — ce marchand qui mélangeait si imprudemment les suifs et les châles — s'étant endormi et menaçant sa

4.

voisine de sa grosse tête qui vacillait d'une épaule à l'autre, Michel Strogoff le réveilla assez brusquement et lui fit comprendre qu'il eût à se tenir droit et d'une façon plus convenable.

Le marchand, assez grossier de sa nature, grommela quelques paroles contre « les gens qui se mêlent de ce qui ne les regarde pas » ; mais Michel Strogoff le regarda d'un air si peu accommodant, que le dormeur s'appuya du côté opposé et délivra la jeune voyageuse de son incommode voisinage.

Celle-ci regarda un instant le jeune homme, et il y eut un remercîment muet et modeste dans son regard.

Mais une circonstance se présenta, qui donna à Michel Strogoff une idée juste du caractère de cette jeune fille.

Douze verstes avant d'arriver à la gare de Nijni-Novgorod, à une brusque courbe de la voie ferrée, le train éprouva un choc très-violent. Puis, pendant une minute, il courut sur la pente d'un remblai.

Voyageurs plus ou moins culbutés, cris, confusion, désordre général dans les wagons, tel fut l'effet produit tout d'abord. On pouvait craindre que quelque accident grave ne se produisît. Aussi, avant même que le train fût arrêté, les portières s'ouvrirent-elles, et les voyageurs, effarés, n'eurent-ils qu'une pensée : quitter les voitures et chercher refuge sur la voie.

Michel Strogoff songea tout d'abord à sa voisine ; mais, tandis que les voyageurs de son compartiment se précipitaient au dehors, criant et se bousculant, la jeune fille était restée tranquillement à sa place, le visage à peine altéré par une légère pâleur.

Elle attendait. Michel Strogoff attendit aussi.

Elle n'avait pas fait un mouvement pour descendre du wagon. Il ne bougea pas non plus.

Tous deux demeurèrent impassibles.

« Une énergique nature ! » pensa Michel Strogoff.

Cependant, tout danger avait promptement disparu. Une rupture du bandage du wagon de bagages avait provoqué d'abord le choc, puis l'arrêt du train, mais peu s'en était fallu que, rejeté hors des rails, il n'eût été précipité du haut du remblai dans une fondrière. Il y eut là une heure de retard. Enfin, la voie dégagée, le train reprit sa marche, et, à huit heures et demie du soir, il arrivait en gare à Nijni-Novgorod.

Avant que personne eût pu descendre des wagons, les inspecteurs de police se présentèrent aux portières et examinèrent les voyageurs.

Michel Strogoff montra son podaróshna, libellé au nom de Nicolas Korpanoff. Donc, nulle difficulté.

Quant aux autres voyageurs du compartiment, tous

à destination de Nijni-Novgorod, ils ne parurent point
suspects, heureusement pour eux.

La jeune fille, elle, présenta, non pas un passeport, puisque le passeport n'est plus exigé en Russie,
mais un permis revêtu d'un cachet particulier et qui
semblait être d'une nature spéciale.

L'inspecteur le lut avec attention. Puis, après avoir
examiné attentivement celle dont il contenait le signalement :

« Tu es de Riga ? dit-il.

— Oui, répondit la jeune fille.

— Tu vas à Irkoutsk ?

— Oui.

— Par quelle route ?

— Par la route de Perm.

— Bien, répondit l'inspecteur. Aie soin de faire
viser ton permis à la maison de police de Nijni-
Novgorod. »

La jeune fille s'inclina en signe d'affirmation.

En entendant ces demandes et ces réponses, Michel
Strogoff éprouva à la fois un sentiment de surprise et
de pitié. Quoi ! cette jeune fille seule, en route pour
cette lointaine Sibérie, et cela, lorsque, à ses dangers habituels, se joignaient tous les périls d'un pays
envahi et soulevé ! Comment arriverait-elle ? que de-
viendrait-elle ?...

L'inspection finie, les portières des wagons furent alors ouvertes, mais, avant que Michel Strogoff eût pu faire un mouvement vers elle, la jeune Livonienne, descendue la première, avait disparu dans la foule qui encombrait les quais de la gare.

CHAPITRE V

UN ARRÊTÉ EN DEUX ARTICLES.

Nijni-Novgorod, Novgorod-la-Basse, située au confluent du Volga et de l'Oka, est le chef-lieu du gouvernement de ce nom. C'était là que Michel Strogoff devait abandonner la voie ferrée, qui, à cette époque, ne se prolongeait pas au delà de cette ville. Ainsi donc, à mesure qu'il avançait, les moyens de communication devenaient d'abord moins rapides, ensuite moins sûrs.

Nijni-Novgorod, qui en temps ordinaire ne compte que trente à trente-cinq mille habitants, en renfermait alors plus de trois cent mille, c'est-à-dire que sa population était décuplée. Cet accroissement était dû à la célèbre foire qui se tient dans ses murs pendant

une période de trois semaines. Autrefois, c'était Maka-
riew qui bénéficiait de ce concours de marchands,
mais, depuis 1817, la foire a été transportée à Nijni-
Novgorod.

La ville, assez morne d'habitude, présentait donc
une animation extraordinaire. Dix races différentes de
négociants, européens ou asiatiques, y fraternisaient
sous l'influence des transactions commerciales.

Bien que l'heure à laquelle Michel Strogoff quitta
la gare fût déjà avancée, il y avait encore grand rassemblement de monde sur ces deux villes, séparées par
le cours du Volga, que comprend Nijni-Novgorod, et
dont la plus haute, bâtie sur un roc escarpé, est défendue par un de ces forts qu'on appelle « kreml »
en Russie.

Si Michel Strogoff eût été forcé de séjourner à
Nijni-Novgorod, il aurait eu quelque peine à découvrir
un hôtel ou même une auberge à peu près convenable.
Il y avait encombrement. Cependant, comme il ne pouvait partir immédiatement, puisqu'il lui fallait prendre le steam-boat du Volga, il dut s'enquérir d'un
gîte quelconque. Mais, auparavant, il voulut connaître
exactement l'heure du départ, et il se rendit aux bureaux de la Compagnie, dont les bateaux font le service
entre Nijni-Novgorod et Perm.

Là, à son grand déplaisir, il apprit que le *Caucase*

— c'était le nom du steam-boat — ne partait pour Perm que le lendemain, à midi. Dix-sept heures à attendre ! c'était fâcheux pour un homme aussi pressé, et, cependant, il lui fallut se résigner. Ce qu'il fit, car il ne récriminait jamais inutilement.

D'ailleurs, dans les circonstances actuelles, aucune voiture, télègue ou tarentass, berline ou cabriolet de poste, ni aucun cheval ne l'eût conduit plus vite, soit à Perm, soit à Kazan. Mieux valait donc attendre le départ du steam-boat, — véhicule plus rapide qu'aucun autre, et qui devait lui faire regagner le temps perdu.

Voilà donc Michel Strogoff, allant par la ville, et cherchant, sans trop s'en inquiéter, quelque auberge afin d'y passer la nuit. Mais de cela il ne s'embarrassait guère, et, sans la faim qui le talonnait, il eût probablement erré jusqu'au matin dans les rues de Nijni-Novgorod. Ce dont il se mit en quête, ce fut d'un souper plutôt que d'un lit. Or il trouva les deux à l'enseigne de la *Ville de Constantinople*.

Là, l'aubergiste lui offrit une chambre assez convenable, peu garnie de meubles, mais à laquelle ne manquaient ni l'image de la Vierge, ni les portraits de quelques saints, auxquels une étoffe dorée servait de cadre. Un canard farci de hachis aigre, enlisé dans une crème épaisse, du pain d'orge, du lait caillé, du sucre en poudre mélangé de cannelle, un pot de kwass, sorte de bière très-commune en Russie, lui furent servis aussitôt, et il ne lui en fallait pas tant pour se rassasier. Il se rassasia donc, et mieux même que son voisin de table, qui, en qualité de « vieux croyant » de la secte des Raskolniks, ayant fait vœu d'abstinence, rejetait les pommes de terre de son assiette et se gardait bien de sucrer son thé.

Son souper terminé, Michel Strogoff, au lieu de monter à sa chambre, reprit machinalement sa promenade à travers la ville. Mais, bien que le long crépuscule se prolongeât encore, déjà la foule se dissipait, les rues se faisaient peu à peu désertes, et chacun regagnait son logis.

Pourquoi Michel Strogoff ne s'était-il pas mis tout bonnement au lit, comme il convient après toute une journée passée en chemin de fer? Pensait-il donc à cette jeune Livonienne qui, pendant quelques heures, avait été sa compagne de voyage? N'ayant rien de mieux à faire, il y pensait. Craignait-il que, perdue dans cette ville tumultueuse, elle ne fût exposée à quelque insulte? Il le craignait, et avait raison de le craindre. Espérait-il donc la rencontrer et, au besoin, s'en faire le protecteur? Non. La rencontrer était difficile. Quant à la protéger.... de quel droit?

« Seule, se disait-il, seule au milieu de ces nomades!

5

Et encore les dangers présents ne sont-ils rien au-
près de ceux que l'avenir lui réserve! La Sibérie!
Irkoutsk! Ce que je vais tenter pour la Russie et le
czar, elle va le faire, elle, pour... Pour qui? Pour
quoi? Elle est autorisée à franchir la frontière! Et le
pays au delà est soulevé! Des bandes tartares courent
les steppes!... »

Michel Strogoff s'arrêtait par instants et se prenait
à réfléchir.

« Sans doute, pensa-t-il, cette idée de voyager lui
est venue avant l'invasion! Peut-être elle-même
ignore-t-elle ce qui se passe!... Mais non, ces marchands ont causé devant elle des troubles de la
Sibérie... et elle n'a pas paru étonnée.... Elle n'a
même demandé aucune explication... Mais alors elle
savait donc, et, sachant, elle va!... La pauvre fille!...
Il faut que le motif qui l'entraîne soit bien puissant!
Mais, si courageuse qu'elle soit, — et elle l'est assu-
rément, — ses forces la trahiront en route, et, sans
parler des dangers et des obstacles, elle ne pourra
supporter les fatigues d'un tel voyage!... Jamais elle
ne pourra atteindre Irkoutsk! »

Cependant, Michel Strogoff allait toujours au hasard,
mais, comme il connaissait parfaitement la ville, retrouver son chemin ne pouvait être embarrassant pour
lui.

Après avoir marché pendant une heure environ, il vint s'asseoir sur un banc adossé à une grande case de bois, qui s'élevait, au milieu de beaucoup d'autres, sur une très-vaste place.

Il était là depuis cinq minutes, lorsqu'une main s'appuya fortement sur son épaule.

« Qu'est-ce que tu fais là? lui demanda d'une voix rude un homme de haute taille qu'il n'avait pas vu venir.

— Je me repose, répondit Michel Strogoff.

— Est-ce que tu aurais l'intention de passer la nuit sur ce banc? reprit l'homme.

— Oui, si cela me convient, répliqua Michel Strogoff d'un ton un peu trop accentué pour le simple marchand qu'il devait être.

— Approche donc qu'on te voie!» dit l'homme.

Michel Strogoff, se rappelant qu'il fallait être prudent avant tout, recula instinctivement.

« On n'a pas besoin de me voir, » répondit-il.

Et il mit, avec sang-froid, un intervalle d'une dizaine de pas entre son interlocuteur et lui.

Il lui sembla alors, en l'observant bien, qu'il avait affaire à une sorte de bohémien, tel qu'il s'en rencontre dans toutes les foires, et dont il n'est pas agréable de subir le contact ni physique ni moral. Puis, en regardant plus attentivement dans l'ombre qui commençait à s'épaissir, il aperçut près de la case un vaste chariot, demeure habituelle et ambulante de ces zingaris ou tsiganes qui fourmillent en Russie, partout où il y a quelques kopeks à gagner.

Cependant, le bohémien avait fait deux ou trois pas en avant, et il se préparait à interpeller plus directement Michel Strogoff, quand la porte de la case s'ouvrit. Une femme, à peine visible, s'avança vivement, et dans un idiome assez rude, que Michel Strogoff reconnut être un mélange de mongol et de sibérien :

« Encore un espion ! dit-elle. Laisse-le faire et viens souper. Le « papluka » (1) attend. »

Michel Strogoff ne put s'empêcher de sourire de la qualification dont on le gratifiait, lui qui redoutait particulièrement les espions.

Mais, dans la même langue, bien que l'accent de celui qui l'employait fût très-différent de celui de la femme, le bohémien répondit quelques mots qui signifiaient :

« Tu as raison, Sangarre ! D'ailleurs, nous serons partis demain !

— Demain ? répliqua à mi-voix la femme d'un ton qui dénotait une certaine surprise.

— Oui, Sangarre, répondit le bohémien, demain, et

(1) Sorte de gâteau feuilleté.

c'est le Père lui-même qui nous envoie... où nous voulons aller ! »

Là-dessus, l'homme et la femme rentrèrent dans la case, dont la porte fut fermée avec soin.

« Bon ! se dit Michel Strogoff, si ces bohémiens tiennent à ne pas être compris, quand ils parleront devant moi, je leur conseille d'employer une autre langue ! »

En sa qualité de Sibérien, et pour avoir passé son enfance dans la steppe, Michel Strogoff, on l'a dit, entendait presque tous ces idiomes usités depuis la Tartarie jusqu'à la mer Glaciale. Quant à la signification précise des paroles échangées entre le bohémien et sa compagne, il ne s'en préoccupa pas davantage. En quoi cela pouvait-il l'intéresser ?

L'heure étant déjà fort avancée, il songea alors à rentrer à l'auberge, afin d'y prendre quelque repos. Il suivit, en s'en allant, le cours du Volga, dont les eaux disparaissaient sous la sombre masse d'innombrables bateaux. L'orientation du fleuve lui fit alors reconnaître quel était l'endroit qu'il venait de quitter. Cette agglomération de chariots et de cases occupait précisément la vaste place où se tenait, chaque année, le principal marché de Nijni-Novgorod, — ce qui expliquait, en cet endroit, le rassemblement de ces bateleurs et bohémiens venus de tous les coins du monde.

Michel Strogoff, une heure après, dormait d'un som-

meil quelque peu agité sur un de ces lits russes, qui
semblent si durs aux étrangers, et le londemain,
17 juillet, il se réveillait au grand jour.

Cinq heures encore à passer à Nijni-Novgorod, cela
lui semblait un siècle. Que pouvait-il faire pour occu-
per cette matinée, si ce n'était d'errer comme la veille
à travers les rues de la ville. Une fois son déjeuner
fini, son sac bouclé, son podaroshna visé à la maison
de police, il n'aurait plus qu'à partir. Mais, n'étant
point homme à se lever après le soleil, il quitta son
lit, il s'habilla, il plaça soigneusement la lettre aux
armes impériales au fond d'une poche pratiquée dans
la doublure de sa tunique, sur laquelle il serra sa
ceinture; puis, il ferma son sac et l'assujettit sur son
dos. Cela fait, ne voulant pas revenir à la *Ville de
Constantinople*, et comptant déjeuner sur les bords
du Volga, près de l'embarcadère, il régla sa dépense
et quitta l'auberge.

Par surcroît de précaution, Michel Strogoff se rendit d'abord aux bureaux des steam-boats, et, là, il
s'assura que le *Caucase* partait bien à l'heure dite. La
pensée lui vint alors pour la première fois que, puisque la jeune Livonienne devait prendre la route de
Perm, il était fort possible que son projet fût aussi de
s'embarquer sur le *Caucase*, auquel cas Michel Strogoff ne pourrait manquer de faire route avec elle.

La ville haute, avec son kremlin, dont la circonférence mesure deux verstes, et qui ressemble à celui de Moscou, était alors fort abandonnée. Le gouverneur n'y demeurait même plus. Mais, autant la ville haute était morte, autant la ville basse était vivante !

Michel Strogoff, après avoir traversé le Volga sur un pont de bateaux, gardé par des Cosaques à cheval, arriva à l'emplacement même où, la veille, il s'était heurté à quelque campement de bohémiens. C'était un peu en dehors de la ville que se tenait cette foire de Nijni-Novgorod, avec laquelle celle de Leipzig elle-même ne saurait rivaliser. Dans une vaste plaine, située au delà du Volga, s'élevait le palais provisoire du gouverneur général, et c'est là, par ordre, que réside ce haut fonctionnaire pendant toute la durée de la foire, qui, grâce aux éléments dont elle se compose, nécessite une surveillance de tous les instants.

Cette plaine était alors couverte de maisons de bois, symétriquement disposées, de manière à laisser entre elles des avenues assez larges pour permettre à la foule d'y circuler aisément. Une certaine agglomération de ces cases, de toutes les grandeurs et de toutes les formes, formait un quartier différent, affecté à un genre spécial de commerce. Il y avait le quartier des fers, le quartier des fourrures, le quartier des laines, le quartier des bois, le quartier des tissus, le quar-

tier des poissons secs, etc. Quelques maisons étaient
même construites en matériaux de haute fantaisie, les
unes avec du thé en briques, d'autres avec des moel-
lons de viande salée, c'est-à-dire avec les échantillons
des marchandises que leurs propriétaires y débitaient
aux acheteurs. Singulière réclame, tant soit peu amé-
ricaine !

Dans ces avenues, le long de ces allées, le soleil
étant fort au-dessus de l'horizon, puisque, ce matin-là,
il s'était levé avant quatre heures, l'affluence était déjà
considérable. Russes, Sibériens, Allemands, Cosaques,
Turcomans, Persans, Géorgiens, Grecs, Ottomans,
Indous, Chinois, mélange extraordinaire d'Européens
et d'Asiatiques, causaient, discutaient, péroraient,
trafiquaient. Tout ce qui se vend ou s'achète semblait
avoir été entassé sur cette place. Porteurs, chevaux,
chameaux, ânes, bateaux, chariots, tout ce qui peut
servir au transport des marchandises, était accumulé
sur ce champ de foire. Fourrures, pierres précieuses,
étoffes de soie, cachemires des Indes, tapis turcs,
armes du Caucase, tissus de Smyrne ou d'Ispahan,
armures de Tiflis, thés de la caravane, bronzes européens, horlogerie de la Suisse, velours et soieries de
Lyon, cotonnades anglaises, articles de carrosserie,
fruits, légumes, minerais de l'Oural, malachites, lapis-
lazuli, aromates, parfums, plantes médicinales, bois,

goudrons, cordages, cornes, citrouilles, pastèques, etc., tous les produits de l'Inde, de la Chine, de la Perse, ceux de la mer Caspienne et de la mer Noire, ceux de l'Amérique et de l'Europe, étaient réunis sur ce point du globe.

C'était un mouvement, une excitation, une cohue, un brouhaha dont on ne saurait donner une idée, les indigènes de classe inférieure étant fort démonstratifs, et les étrangers ne leur cédant guère sur ce point. Il y avait là des marchands de l'Asie centrale, qui avaient mis un an à traverser ses longues plaines, en escortant leurs marchandises, et qui ne devaient pas revoir d'une année leurs boutiques ou leurs comptoirs. Enfin, telle est l'importance de cette foire de Nijni-Novgorod, que le chiffre des transactions ne s'y élève pas à moins de cent millions de roubles (1).

Puis, sur les places, entre les quartiers de cette ville improvisée, c'était une agglomération de bateleurs de toute espèce : saltimbanques et acrobates, assourdissant avec les hurlements de leurs orchestres et les vociférations de leur parade ; bohémiens, venus des montagnes et disant la bonne aventure aux badauds d'un public toujours renouvelé ; zingaris ou tsiganes, — nom que les Russes donnent aux gypsies,

---

(1) Environ trois cent quatre-vingt-treize millions de francs.

qui sont les anciens descendants des Cophtes, — chan-
tant leurs airs les plus colorés et dansant leurs danses
les plus originales ; comédiens de théâtres forains,
représentant des drames de Shakspeare, appropriés
au goût des spectateurs, qui s'y portaient en foule.
Puis, dans les longues avenues, des montreurs d'ours
promenaient en liberté leurs équilibristes à quatre
pattes, des ménageries retentissaient de rauques cris
d'animaux, stimulés par le fouet acéré ou la baguette
rougie du dompteur, enfin, au milieu de la grande
place centrale, encadré par un quadruple cercle de
dilettanti enthousiastes, un chœur de « mariniers du
Volga », assis sur le sol comme sur le pont de leurs
barques, simulait l'action de ramer, sous le bâton
d'un chef d'orchestre, véritable timonier de ce bateau
imaginaire !

Coutume bizarre et charmante ! au-dessus de toute
cette foule, une nuée d'oiseaux s'échappaient des cages
dans lesquelles on les avait apportés. Suivant un usage
très-suivi à la foire de Nijni-Novgorod, en échange de
quelques kopeks charitablement offerts par de bonnes
âmes, les geôliers ouvraient la porte à leurs prisonniers, et c'était par centaines qu'ils s'envolaient en
jetant leurs petits cris joyeux.

Tel était l'aspect de la plaine, tel il devait être pendant les six semaines que dure ordinairement la célè-

bre foire de Nijni-Novgorod. Puis, après cette assourdissante période, l'immense brouhaha s'éteindrait comme par enchantement, la ville haute reprendrait son caractère officiel, la ville basse retomberait dans sa monotonie ordinaire, et, de cette énorme affluence de marchands, appartenant à toutes les contrées de l'Europe et de l'Asie centrale, il ne resterait ni un seul vendeur qui eût quoi que ce soit à vendre encore, ni un seul acheteur qui eût encore quoi que ce soit à acheter.

Il convient d'ajouter ici que cette fois, au moins, la France et l'Angleterre étaient chacune représentées au grand marché de Nijni-Novgorod par deux des produits les plus distingués de la civilisation moderne, MM. Harry Blount et Alcide Jolivet.

En effet, les deux correspondants étaient venus chercher là des impressions au profit de leurs lecteurs, et ils employaient de leur mieux les quelques heures qu'ils avaient à perdre, car, eux aussi, ils allaient prendre passage sur le *Caucase*.

Ils se rencontrèrent précisément l'un et l'autre sur le champ de foire, et n'en furent que médiocrement étonnés, puisqu'un même instinct devait les entraîner sur la même piste ; mais, cette fois, ils ne se parlèrent pas et se bornèrent à se saluer assez froidement.

Alcide Jolivet, optimiste par nature, semblait, d'ailleurs, trouver que tout se passait convenablement, et, comme le hasard lui avait heureusement fourni la table et le gîte, il avait jeté sur son carnet quelques notes particulièrement honnêtes pour la ville de Nijni-Novgorod.

Au contraire, Harry Blount, après avoir vainement cherché à souper, s'était vu forcé de coucher à la belle étoile. Il avait donc envisagé les choses à un tout autre point de vue, et méditait un article foudroyant contre une ville dans laquelle les hôteliers refusaient de recevoir des voyageurs qui ne demandaient qu'à se laisser écorcher « au moral et au physique ! »

Michel Strogoff, une main dans sa poche, tenant de l'autre sa longue pipe à tuyau de merisier, semblait être le plus indifférent et le moins impatient des hommes. Cependant, à une certaine contraction de ses muscles sourciliers, un observateur eût facilement reconnu qu'il rongeait son frein.

Depuis deux heures environ, il courait les rues de la ville pour revenir invariablement au champ de foire. Tout en circulant entre les groupes, il observait qu'une réelle inquiétude se montrait chez tous les marchands venus des contrées voisines de l'Asie. Les transactions en souffraient visiblement. Que bateleurs, saltimbanques et équilibristes fissent grand bruit devant leurs échoppes, cela se concevait, car ces pauvres diables n'avaient rien à risquer dans une entreprise commerciale, mais les négociants hésitaient à s'engager avec les trafiquants de l'Asie centrale, dont le pays était troublé par l'invasion tartare.

Autre symptôme, aussi, qui devait être remarqué. En Russie, l'uniforme militaire apparaît en toute occasion. Les soldats se mêlent volontiers à la foule, et précisément, à Nijni-Novgorod, pendant cette période de la foire, les agents de la police sont habituellement aidés par de nombreux Cosaques, qui, la lance sur l'épaule, maintiennent l'ordre dans cette agglomération de trois cent mille étrangers.

Or, ce jour-là, les militaires, Cosaques ou autres, faisaient défaut au grand marché. Sans doute, en prévision d'un départ subit, ils avaient été consignés à leurs casernes.

Cependant, si les soldats ne se montraient pas, il n'en était pas ainsi des officiers. Depuis la veille, les aides de camp, partant du palais du gouverneur général, s'élançaient en toutes directions. Il se faisait donc un mouvement inaccoutumé, que la gravité des événements pouvait seule expliquer. Les estafettes se multipliaient sur les routes de la province, soit du côté de Wladimir, soit du côté des monts Ourals. L'échange de dépêches télégraphiques avec Moscou et Saint-Pétersbourg était incessant. La situation de Nijni-

Novgorod, non loin de la frontière sibérienne, exigeait évidemment de sérieuses précautions. On ne pouvait pas oublier qu'au XIVᵉ siècle la ville avait été deux fois prise par les ancêtres de ces Tartares, que l'ambition de Féofar-Khan jetait à travers les steppes kirghises.

Un haut personnage, non moins occupé que le gouverneur général, était le maître de police. Ses inspecteurs et lui, chargés de maintenir l'ordre, de recevoir les réclamations, de veiller à l'exécution des règlements, ne chômaient pas. Les bureaux de l'administration, ouverts nuit et jour, étaient incessamment assiégés, aussi bien par les habitants de la ville que par les étrangers, européens ou asiatiques.

Or, Michel Strogoff se trouvait précisément sur la place centrale, lorsque le bruit se répandit que le maître de police venait d'être mandé par estafette au palais du gouverneur général. Une importante dépêche, arrivée de Moscou, disait-on, motivait ce déplacement.

Le maître de police se rendit donc au palais du gouverneur, et aussitôt, comme par un pressentiment général, la nouvelle circula que quelque mesure grave, en dehors de toute prévision, de toute habitude, allait être prise.

Michel Strogoff écoutait ce qui se disait, afin d'en profiter, le cas échéant.

« On va fermer la foire ! s'écriait l'un.

— Le régiment de Nijni-Novgorod vient de recevoir son ordre de départ ! répondait l'autre.

— On dit que les Tartares menacent Tomsk !

— Voici le maître de police ! » cria-t-on de toutes parts.

Un fort brouhaha s'était élevé subitement, qui se dissipa peu à peu, et auquel succéda un silence absolu. Chacun pressentait quelque grave communication de la part du gouvernement.

Le maître de police, précédé de ses agents, venait de quitter le palais du gouverneur général. Un détachement de Cosaques l'accompagnait et faisait ranger la foule à force de bourrades, violemment données et patiemment reçues.

Le maître de police arriva au milieu de la place centrale, et chacun put voir qu'il tenait une dépêche à la main.

Alors, d'une voix haute, il lut la déclaration suivante :

« ARRÊTÉ DU GOUVERNEUR DE NIJNI-NOVGOROD.

« 1° Défense à tout sujet russe de sortir de la province, pour quelque cause que ce soit.

« 2° Ordre à tous étrangers d'origine asiatique de quitter la province dans les vingt-quatre heures. »

CHAPITRE VI

FRÈRE ET SOEUR.

Ces mesures, très-funestes pour les intérêts privés, les circonstances les justifiaient absolument.

« Défense à tout sujet russe de sortir de la province », si Ivan Ogareff était encore dans la province, c'était l'empêcher, non sans d'extrêmes difficultés tout au moins, de rejoindre Féofar-Khan, et enlever au chef tartare un lieutenant redoutable.

« Ordre à tous étrangers d'origine asiatique de quitter la province dans les vingt-quatre heures », c'était éloigner en bloc ces trafiquants venus de l'Asie centrale, ainsi que ces bandes de bohémiens, de gypsies, de tsiganes, qui ont plus ou moins d'affinités avec les populations tartares ou mongoles et que la foire y avait réunis. Autant de têtes, autant d'espions, et leur expulsion était certainement commandée par l'état des choses.

Mais on comprend aisément l'effet de ces deux coups de foudre, tombant sur la ville de Nijni-Novgorod, nécessairement plus visée et plus atteinte qu'aucune autre.

Ainsi donc, les nationaux que des affaires eussent appelés au delà des frontières sibériennes ne pouvaient plus quitter la province, momentanément du moins. La teneur du premier article de l'arrêté était formelle. Il n'admettait aucune exception. Tout intérêt privé devait s'effacer devant l'intérêt général.

Quant au second article de l'arrêté, l'ordre d'expulsion qu'il contenait était aussi sans réplique. Il ne concernait point d'autres étrangers que ceux qui étaient d'origine asiatique, mais ceux-ci n'avaient plus qu'à réemballer leurs marchandises et à reprendre la route qu'ils venaient de parcourir. Quant à tous ces saltimbanques, dont le nombre était considérable, et qui avaient près de mille verstes à franchir pour atteindre la frontière la plus rapprochée, c'était pour eux la misère à bref délai !

Aussi s'éleva-t-il tout d'abord contre cette mesure insolite un murmure de protestation, un cri de désespoir, que la présence des Cosaques et des agents de la police eut promptement réprimé.

Et presque aussitôt ce qu'on pourrait appeler le déménagement de cette vaste plaine commença. Les toiles tendues devant les échoppes se replièrent; les théâtres forains s'en allèrent par morceaux; les danses et les chants cessèrent; les parades se turent; les feux s'éteignirent; les cordes des équilibristes se détendirent; les vieux chevaux poussifs de ces demeures ambulantes revinrent des écuries aux brancards. Agents et soldats, le fouet ou la baguette à la main, stimulaient les retardataires et ne se gênaient point d'abattre les tentes, avant même que les pauvres bohèmes les eussent quittées. Évidemment, sous l'influence de ces mesures, avant le soir, la place de Nijni-Novgorod serait entièrement évacuée, et au tumulte du grand marché succéderait le silence du désert.

Et encore faut-il le répéter, — car c'était une aggravation obligée de ces mesures, — à tous ces nomades que le décret d'exclusion frappait directement, les steppes de la Sibérie étaient même interdites, et il leur faudrait se jeter dans le sud de la mer Caspienne, soit en Perse, soit en Turquie, soit dans les plaines du Turkestan. Les postes de l'Oural et des montagnes qui forment comme le prolongement de ce fleuve sur la frontière russe ne leur eussent pas permis de passer. C'était donc un millier de verstes qu'ils étaient dans la nécessité de parcourir, avant de pouvoir fouler un sol libre.

Au moment où la lecture de l'arrêté avait été faite par le maître de police, Michel Strogoff fut frappé d'un rapprochement qui surgit instinctivement dans son esprit.

« Singulière coïncidence ! pensa-t-il, entre cet arrêté qui expulse les étrangers originaires de l'Asie et les paroles échangées cette nuit entre ces deux bohémiens de race tsigane. « C'est le Père lui-même qui nous envoie où nous voulons aller ! » a dit ce vieillard. Mais « le Père », c'est l'empereur ! On ne le désigne pas autrement dans le peuple ! Comment ces bohémiens pouvaient-ils prévoir la mesure prise contre eux, comment l'ont-ils connue d'avance, et où veulent-ils donc aller ? Voilà des gens suspects, et auxquels l'arrêté du gouverneur me paraît, cependant, devoir être plus utile que nuisible ! »

Mais cette réflexion, fort juste à coup sûr, fut coupée net par une autre qui devait chasser toute autre pensée de l'esprit de Michel Strogoff. Il oublia les tsiganes, leurs propos suspects, l'étrange coïncidence qui résultait de la publication de l'arrêté... Le souvenir de la jeune Livonienne venait de se présenter soudain à lui.

« La pauvre enfant ! s'écria-t-il comme malgré lui.
Elle ne pourra plus franchir la frontière ! »

En effet, la jeune fille était de Riga, elle était Livonienne, Russe par conséquent, elle ne pouvait donc
plus quitter le territoire russe ! Ce permis, qui lui
avait été délivré avant les nouvelles mesures, n'était
évidemment plus valable. Toutes les routes de la Sibérie venaient de lui être impitoyablement fermées,
et, quel que fût le motif qui la conduisît à Irkoutsk,
il lui était dès à présent interdit de s'y rendre.

Cette pensée préoccupa vivement Michel Strogoff.
Il s'était dit, vaguement d'abord, que, sans rien négliger
de ce qu'exigeait de lui son importante mission, il lui
serait possible, peut-être, d'être de quelque secours à
cette brave enfant, et cette idée lui avait souri. Connaissant les dangers qu'il aurait personnellement à
affronter, lui, homme énergique et vigoureux, dans un
pays dont les routes lui étaient cependant familières,
il ne pouvait pas méconnaître que ces dangers seraient
infiniment plus redoutables pour une jeune fille. Puisqu'elle se rendait à Irkoutsk, elle aurait à suivre la
même route que lui, elle serait obligée de passer au
milieu des hordes des envahisseurs, comme il allait
tenter de le faire lui-même. Si, en outre, et selon toute
probabilité, elle n'avait à sa disposition que les ressources nécessaires à un voyage entrepris pour des

circonstances ordinaires, comment parviendrait-elle à l'accomplir dans les conditions que les événements allaient rendre non-seulement périlleuses, mais coûteuses ?

« Eh bien ! s'était-il dit, puisqu'elle prend la route de Perm, il est presque mpossible que je ne la rencontre pas. Donc, je pourrai veiller sur elle sans qu'elle s'en doute, et, comme elle m'a tout l'air d'être aussi pressée que moi d'arriver à Irkoutsk, elle ne me causera aucun retard. »

Mais une pensée en amène une autre. Michel Strogoff n'avait raisonné jusque-là que dans l'hypothèse d'une bonne action à faire, d'un service à rendre. Une idée nouvelle venait de naître dans son cerveau, et la question se présenta à lui sous un tout autre aspect.

« Au fait, se dit-il, mais je puis avoir besoin d'elle plus qu'elle n'aurait besoin de moi. Sa présence peut ne pas m'être inutile et servirait à déjouer tout soupçon à mon égard. Dans l'homme courant seul à travers la steppe, on peut plus aisément deviner le courrier du czar. Si, au contraire, cette jeune fille m'accompagne, je serai bien mieux aux yeux de tous le Nicolas Korpanoff de mon podaroshna. Donc, il faut qu'elle m'accompagne ! Donc, il faut qu'à tout prix je la retrouve ! Il n'est pas probable que depuis hier soir elle ait pu se procurer quelque voiture pour quitter

Nijni-Novgorod. Cherchons-la, et que Dieu me conduise ! »

Michel Strogoff quitta la grande place de Nijni-Novgorod, où le tumulte, produit par l'exécution des mesures prescrites, atteignait en ce moment à son comble. Récriminations des étrangers proscrits, cris des agents et des Cosaques qui les brutalisaient, c'était un tumulte indescriptible. La jeune fille qu'il cherchait ne pouvait être là.

Il était neuf heures du matin. Le steam-boat ne partait qu'à midi. Michel Strogoff avait donc environ deux heures à employer pour retrouver celle dont il voulait faire sa compagne de voyage.

Il traversa de nouveau le Volga et parcourut les quartiers de l'autre rive, où la foule était bien moins considérable. Il visita, on pourrait dire rue par rue, la ville haute et la ville basse. Il entra dans les églises, refuge naturel de tout ce qui pleure, de tout ce qui souffre. Nulle part il ne rencontra la jeune Livonienne.

« Et cependant, répétait-il, elle ne peut encore avoir quitté Nijni-Novgorod. Cherchons toujours ! »

Michel Strogoff erra ainsi pendant deux heures. Il allait sans s'arrêter, il ne sentait pas la fatigue, il obéissait à un sentiment impérieux qui ne lui permettait plus de réfléchir. Le tout vainement.

Il lui vint alors à l'esprit que la jeune fille n'avait

peut-être pas eu connaissance de l'arrêté, — circonstance improbable, cependant, car un tel coup de foudre n'avait pu éclater sans être entendu de tous. Intéressée, évidemment, à connaître les moindres nouvelles qui venaient de la Sibérie, comment aurait-elle pu ignorer les mesures prises par le gouverneur, mesures qui la frappaient si directement?

Mais enfin, si elle les ignorait, elle viendrait donc, dans quelques heures, au quai d'embarquement, et, là, quelque agent impitoyable lui refuserait brutalement passage! Il fallait à tout prix que Michel Strogoff la vît auparavant, et qu'elle pût, grâce à lui, éviter cet échec.

Mais ses recherches furent vaines, et il eut bientôt perdu tout espoir de la retrouver.

Il était alors onze heures. Michel Strogoff, bien qu'en toute autre circonstance cela eût été inutile, songea à présenter son podaroshna aux bureaux du maître de police. L'arrêté ne pouvait évidemment le concerner, puisque le cas était prévu pour lui, mais il voulait s'assurer que rien ne s'opposerait à sa sortie de la ville.

Michel Strogoff dut donc retourner sur l'autre rive du Volga, dans le quartier où se trouvaient les bureaux du maître de police.

Là, il y avait grande affluence, car si les étrangers

avaient ordre de quitter la province, ils n'en étaient pas moins soumis à certaines formalités pour partir. Sans cette précaution, quelque Russe, plus ou moins compromis dans le mouvement tartare, aurait pu, grâce à un déguisement, passer la frontière, — ce que l'arrêté prétendait empêcher. On vous renvoyait, mais encore fallait-il que vous eussiez la permission de vous en aller.

Donc, bateleurs, bohémiens, zingaris, tsiganes, mêlés aux marchands de la Perse, de la Turquie, de l'Inde, du Turkestan, de la Chine, encombraient la cour et les bureaux de la maison de police.

Chacun se hâtait, car les moyens de transport allaient être singulièrement recherchés de cette foule de gens expulsés, et ceux qui s'y prendraient trop tard courraient grand risque de ne pas être en mesure de quitter la ville dans le délai prescrit, — ce qui les eût exposés à quelque brutale intervention des agents du gouverneur.

Michel Strogoff, grâce à la vigueur de ses coudes, put traverser la cour. Mais entrer dans les bureaux et parvenir jusqu'au guichet des employés, c'était une besogne bien autrement difficile. Cependant, un mot qu'il dit à l'oreille d'un inspecteur et quelques roubles donnés à propos furent assez puissants pour lui faire obtenir passage.

L'agent, après l'avoir introduit dans la salle d'attente, alla prévenir un employé supérieur.

Michel Strogoff ne pouvait donc tarder à être en règle avec la police et libre de ses mouvements.

En attendant, il regarda autour de lui. Et que vit-il?

Là, sur un banc, tombée plutôt qu'assise, une jeune fille, en proie à un muet désespoir, bien qu'il pût à peine voir sa figure, dont le profil seul se dessinait sur la muraille.

Michel Strogoff ne s'était pas trompé. Il venait de reconnaître la jeune Livonienne.

Ne connaissant pas l'arrêté du gouverneur, elle était venue au bureau de police pour faire viser son permis!... On lui avait refusé le visa! Sans doute elle était autorisée à se rendre à Irkoutsk, mais l'arrêté était formel, il annulait toutes autorisations antérieures, et les routes de la Sibérie lui étaient fermées.

Michel Strogoff, très-heureux de l'avoir enfin retrouvée, s'approcha de la jeune fille.

Celle-ci le regarda un instant, et son visage s'éclaira d'une lueur fugitive en revoyant son compagnon de voyage. Elle se leva, par instinct, et, comme un naufragé qui se raccroche à une épave, elle allait lui demander assistance...

En ce moment, l'agent toucha l'épaule de Michel Strogoff.

6

« Le maître de police vous attend, dit-il.

— Bien, » répondit Michel Strogoff.

Et, sans dire un mot à celle qu'il avait tant cherchée depuis la veille, sans la rassurer d'un geste qui eût pu compromettre et elle et lui-même, il suivit l'agent à travers les groupes compactes.

La jeune Livonienne, voyant disparaître celui-là seul qui eût pu peut-être lui venir en aide, retomba sur son banc.

Trois minutes ne s'étaient pas écoulées, que Michel Strogoff reparaissait dans la salle, accompagné d'un agent.

Il tenait à la main son podaroshna, qui lui faisait libres les routes de la Sibérie.

Il s'approcha alors de la jeune Livonienne, et, lui tendant la main :

« Sœur... » dit-il.

Elle comprit! Elle se leva, comme si quelque soudaine inspiration ne lui eût pas permis d'hésiter !

« Sœur, répéta Michel Strogoff, nous sommes autorisés à continuer notre voyage à Irkoutsk. Viens-tu ?

— Je te suis, frère, » répondit la jeune fille, en mettant sa main dans la main de Michel Strogoff.

Et tous deux quittèrent la maison de police.

CHAPITRE VII

EN DESCENDANT LE VOLGA.

Un peu avant midi, la cloche du steam-boat attirait à l'embarcadère du Volga un grand concours de monde, puisqu'il y avait là ceux qui partaient et ceux qui auraient voulu partir. Les chaudières du *Caucase* étaient en pression suffisante. Sa cheminée ne laissait plus échapper qu'une fumée légère, tandis que l'extrémité du tuyau d'échappement et le couvercle des soupapes se couronnaient de vapeur blanche.

Il va sans dire que la police surveillait le départ du *Caucase*, et se montrait impitoyable à ceux des voyageurs qui ne se trouvaient pas dans les conditions voulues pour quitter la ville.

De nombreux Cosaques allaient et venaient sur le quai, prêts à prêter main-forte aux agents, mais ils n'eurent point à intervenir, et les choses se passèrent sans résistance.

A l'heure réglementaire, le dernier coup de cloche retentit, les amarres furent larguées, les puissantes roues du steam-boat battirent l'eau de leurs palettes articulées, et le *Caucase* fila rapidement entre les deux villes dont se compose Nijni-Novgorod.

Michel Strogoff et la jeune Livonienne avaient pris passage à bord du *Caucase*. Leur embarquement s'était fait sans aucune difficulté. On le sait, le podaroshna, libellé au nom de Nicolas Korpanoff, autorisait ce négociant à être accompagné pendant son voyage en Sibérie. C'était donc un frère et une sœur qui voyageaient sous la garantie de la police impériale.

Tous deux, assis à l'arrière, regardaient fuir la ville, si profondément troublée par l'arrêté du gouverneur.

Michel Strogoff n'avait rien dit à la jeune fille, il ne l'avait pas interrogée. Il attendait qu'elle parlât, s'il lui convenait de parler. Celle-ci avait hâte d'avoir quitté cette ville, dans laquelle, sans l'intervention providentielle de ce protecteur inattendu, elle fût restée prisonnière. Elle ne disait rien, mais son regard remerciait pour elle.

Le Volga, le Rha des anciens, est considéré comme

le fleuve le plus considérable de toute l'Europe, et son cours n'est pas inférieur à quatre mille verstes (4,300 kilomètres). Ses eaux, assez insalubres dans sa partie supérieure, sont modifiées à Nijni-Novgorod par celles de l'Oka, affluent rapide qui s'échappe des provinces centrales de la Russie.

On a assez justement comparé l'ensemble des canaux et fleuves russes à un arbre gigantesque dont les branches se ramifient sur toutes les parties de l'empire. C'est le Volga qui forme le tronc de cet arbre, et il a pour racines soixante-dix embouchures qui s'épanouissent sur le littoral de la mer Caspienne. Il est navigable depuis Rjef, ville du gouvernement de Tver, c'est-à-dire sur la plus grande partie de son cours.

Les bateaux de la Compagnie de transports entre Perm et Nijni-Novgorod font assez rapidement les trois cent cinquante verstes (373 kilomètres) qui séparent cette ville de la ville de Kazan. Il est vrai que ces steam-boats n'ont qu'à descendre le Volga, lequel ajoute environ deux milles de courant à leur vitesse propre. Mais, lorsqu'ils sont arrivés au confluent de la Kama, un peu au-dessous de Kazan, ils sont forcés d'abandonner le fleuve pour la rivière, dont ils doivent alors remonter le cours jusqu'à Perm. Donc, tout compte établi, et bien que sa machine fût puissante, le *Caucase* ne devait pas faire plus de seize verstes à

6.

l'heure. En réservant une heure d'arrêt à Kazan, le voyage de Nijni-Novgorod à Perm devait donc durer soixante à soixante-deux heures environ.

Ce steam-boat, d'ailleurs, était fort bien aménagé, et les passagers, suivant leur condition ou leurs ressources, y occupaient trois classes distinctes. Michel Strogoff avait eu soin de retenir deux cabines de première classe, de sorte que sa jeune compagne pouvait se retirer dans la sienne et s'isoler quand bon lui semblait.

Le *Caucase* était très-encombré de passagers de toutes catégories. Un certain nombre de trafiquants asiatiques avaient jugé bon de quitter immédiatement Nijni-Novgorod. Dans la partie du steam-boat réservée à la première classe se voyaient des Arméniens en longues robes et coiffés d'espèces de mitres, — des Juifs, reconnaissables à leurs bonnets coniques, — de riches Chinois dans leur costume traditionnel, robe très-large, bleue, violette ou noire, ouverte devant et derrière, et recouverte d'une seconde robe à larges manches dont la coupe rappelle celle des popes, — des Turcs, qui portaient encore le turban national, — des Indous, à bonnet carré, avec un simple cordon pour ceinture, et dont quelques-uns, plus spécialement désignés sous le nom de Shikarpouris, tiennent entre leurs mains tout le trafic de

l'Asie centrale, — enfin des Tartares, chaussés de
bottes agrémentées de soutaches multicolores, et la
poitrine plastronnée de broderies. Tous ces négociants
avaient dû entasser dans la cale et sur le pont leurs
nombreux bagages, dont le transport devait leur coûter
cher, car, réglementairement, ils n'avaient droit qu'à
un poids de vingt livres par personne.

A l'avant du *Caucase* étaient groupés des passagers
plus nombreux, non-seulement des étrangers, mais
aussi des Russes, auxquels l'arrêté ne défendait pas
de regagner les villes de la province.

Il y avait là des moujiks, coiffés de bonnets ou de
casquettes, vêtus d'une chemise à petits carreaux
sous leur vaste pelisse, et des paysans du Volga, pantalon bleu fourré dans leurs bottes, chemise de coton
rose serrée par une corde, casquette plate ou bonnet
de feutre. Quelques femmes, vêtues de robes de coton-
nade à fleurs, portaient le tablier à couleurs vives et
le mouchoir à dessins rouges sur la tête. C'étaient
principalement des passagers de troisième classe,
que, très-heureusement, la perspective d'un long
voyage de retour ne préoccupait pas. En somme, cette
partie du pont était fort encombrée. Aussi les passagers de l'arrière ne s'aventuraient-ils guère parmi
ces groupes très-mélangés, dont la place était marquée
sur l'avant des tambours.

Cependant, le *Caucase* filait de toute la vitesse de ses aubes entre les rives du Volga. Il croisait de nombreux bateaux auxquels des remorqueurs faisaient remonter le cours du fleuve et qui transportaient toutes sortes de marchandises à Nijni-Novgorod. Puis passaient des trains de bois, longs comme ces interminables files de sargasses de l'Atlantique, et des chalands chargés à couler bas, noyés jusqu'au plat-bord. Voyage inutile à présent, puisque la foire venait d'être brusquement dissoute à son début.

Les rives du Volga, éclaboussées par le sillage du steam-boat, se couronnaient de volées de canards qui fuyaient en poussant des cris assourdissants. Un peu plus loin, sur ces plaines sèches, bordées d'aunes, de saules, de trembles, s'éparpillaient quelques vaches d'un rouge foncé, des troupeaux de moutons à toison brune, de nombreuses agglomérations de porcs et de porcelets blancs et noirs. Quelques champs, semés de maigre sarrasin et de seigle, s'étendaient jusqu'à l'arrière-plan de coteaux à demi cultivés, mais qui, en somme, n'offraient aucun point de vue remarquable. Dans ces paysages monotones, le crayon d'un dessinateur, en quête de quelque site pittoresque, n'eût rien trouvé à reproduire.

Deux heures après le départ du *Caucase*, la jeune Livonienne, s'adressant à Michel Strogoff, lui dit :

« Tu vas à Irkoutsk, frère?

— Oui, sœur, répondit le jeune homme. Nous faisons tous les deux la même route. Par conséquent, partout où je passerai, tu passeras.

— Demain, frère, tu sauras pourquoi j'ai quitté les rives de la Baltique pour aller au delà des monts Ourals.

— Je ne te demande rien, sœur.

— Tu sauras tout, répondit la jeune fille, dont les lèvres ébauchèrent un triste sourire. Une sœur ne doit rien cacher à son frère. Mais, aujourd'hui, je ne pourrais!... La fatigue, le désespoir m'avaient brisée !

— Veux-tu reposer dans ta cabine? demanda Michel Strogoff.

— Oui... oui... et demain...

— Viens donc... »

Il hésitait à finir sa phrase, comme s'il eût voulu l'achever par le nom de sa compagne, qu'il ignorait encore.

« Nadia, dit-elle en lui tendant la main.

— Viens, Nadia, répondit Michel Strogoff, et use sans façon de ton frère Nicolas Korpanoff. »

Et il conduisit la jeune fille à la cabine qui avait été retenue pour elle sur le salon de l'arrière.

Michel Strogoff revint sur le pont, et, avide des nouvelles qui pouvaient peut-être modifier son itinéraire, il

se mêla aux groupes de passagers, écoutant, mais ne
prenant point part aux conversations. D'ailleurs, si le
hasard faisait qu'il fût interrogé et dans l'obligation de
répondre, il se donnerait pour le négociant Nicolas
Korpanoff, que le *Caucase* reconduisait à la frontière,
car il ne voulait pas que l'on pût se douter qu'une permission spéciale l'autorisait à voyager en Sibérie.

Les étrangers que le steam-boat transportait ne pouvaient évidemment parler que des événements du jour,
de l'arrêté et de ses conséquences. Ces pauvres gens, à
peine remis des fatigues d'un voyage à travers l'Asie
centrale, se voyaient forcés de revenir, et s'ils n'exha-
laient pas hautement leur colère et leur désespoir, c'est
qu'ils ne l'osaient. Une peur, mêlée de respect, les re-
tenait. Il était possible que des inspecteurs de police,
chargés de surveiller les passagers, fussent secrètement embarqués à bord du *Caucase*, et mieux valait
tenir sa langue, l'expulsion, après tout, étant encore
préférable à l'emprisonnement dans une forteresse.
Aussi, parmi ces groupes, ou l'on se taisait, ou les
propos s'échangeaient avec une telle circonspection,
qu'on ne pouvait guère en tirer quelque utile rensei-
gnement.

Mais si Michel Strogoff n'eut rien à apprendre de ce
côté, si même les bouches se fermèrent plus d'une fois
à son approche, — car on ne le connaissait pas, — ses

oreilles furent bientôt frappées par les éclats d'une
voix peu soucieuse d'être ou non entendue.

L'homme à la voix gaie parlait russe, mais avec un
accent étranger, et son interlocuteur, plus réservé, lui
répondait dans la même langue, qui n'était pas non
plus sa langue originelle.

« Comment, disait le premier, comment, vous sur
ce bateau, mon cher confrère, vous que j'ai vu à la fête
impériale de Moscou, et seulement entrevu à Nijni-
Novgorod?

— Moi-même, répondit le second d'un ton sec.

— Eh bien, franchement, je ne m'attendais pas à
être immédiatement suivi par vous, et de si près!

— Je ne vous suis pas, monsieur, je vous précède!

— Précède! précède! Mettons que nous marchons
de front, du même pas, comme deux soldats à la parade, et, provisoirement du moins, convenons, si vous
le voulez, que l'un ne dépassera pas l'autre !

— Je vous dépasserai, au contraire.

— Nous verrons cela, quand nous serons sur le
théâtre de la guerre; mais jusque-là, que diable !
soyons compagnons de route. Plus tard, nous aurons
bien le temps et l'occasion d'être rivaux!

— Ennemis.

— Ennemis, soit! Vous avez dans vos paroles, cher
confrère, une précision qui m'est tout particulièrement

agréable. Avec vous, au moins, on sait à quoi s'en tenir!

— Où est le mal?

— Il n'y en a aucun. Aussi, à mon tour, je vous demanderai la permission de préciser notre situation réciproque.

— Précisez.

— Vous allez à Perm... comme moi?

— Comme vous.

— Et, probablement, vous vous dirigerez de Perm sur Ekaterinbourg, puisque c'est la route la meilleure et la plus sûre par laquelle on puisse franchir les monts Ourals?

— Probablement.

— Une fois la frontière passée, nous serons en Sibérie, c'est-à-dire en pleine invasion.

— Nous y serons!

— Eh bien alors, mais seulement alors, ce sera le moment de dire: « Chacun pour soi, et Dieu pour... »

— Dieu pour moi!

— Dieu pour vous, tout seul! Très-bien! Mais, puisque nous avons devant nous une huitaine de jours neutres, et puisque très-certainement les nouvelles ne pleuvront pas en route, soyons amis jusqu'au moment où nous redeviendrons rivaux.

— Ennemis.

« — Oui ! c'est juste, ennemis ! Mais, jusque-là, agissons de concert et ne nous entre-dévorons pas ! Je vous promets, d'ailleurs, de garder pour moi tout ce que je pourrai voir...

— Et moi, tout ce que je pourrai entendre.

— Est-ce dit ?

— C'est dit.

— Votre main ?

— La voilà. »

Et la main du premier interlocuteur, c'est-à-dire cinq doigts largement ouverts, secoua vigoureusement les deux doigts que lui tendit flegmatiquement le second.

« A propos, dit le premier, j'ai pu, ce matin, télégraphier à ma cousine le texte même de l'arrêté dès dix heures dix-sept minutes.

— Et moi je l'ai adressé au *Daily-Telegraph* dès dix heures treize.

— Bravo, monsieur Blount.

— Trop bon, monsieur Jolivet.

— A charge de revanche !

— Ce sera difficile !

— On essayera pourtant ! »

Ce disant, le correspondant français salua familièrement le correspondant anglais, qui, inclinant sa tête, lui rendit son salut avec une raideur toute britannique.

7

Ces deux chasseurs de nouvelles, l'arrêté du gouverneur ne les concernait pas, puisqu'ils n'étaient ni
Russes, ni étrangers d'origine asiatique. Ils étaient
donc partis, et s'ils avaient quitté ensemble Nijni-
Novgorod, c'est que le même instinct les poussait en
avant. Il était donc naturel qu'ils eussent pris le
même moyen de transport et qu'ils suivissent la
même route jusqu'aux steppes sibériennes. Compagnons de voyage, amis ou ennemis, ils avaient devant
eux huit jours avant « que la chasse fût ouverte ». Et
alors au plus adroit! Alcide Jolivet avait fait les premières avances, et, si froidement que ce fût, Harry
Blount les avait acceptées.

Quoi qu'il en soit, au dîner de ce jour, le Français,
toujours ouvert et même un peu loquace, l'Anglais,
toujours fermé, toujours gourmé, trinquaient à la
même table, en buvant un Cliquot authentique, à six
roubles la bouteille, généreusement fait avec la sève
fraîche des bouleaux du voisinage.

En entendant ainsi causer Alcide Jolivet et Harry
Blount, Michel Strogoff s'était dit :

« Voici des curieux et des indiscrets que je rencon-
trerai probablement sur ma route. Il me paraît prudent
de les tenir à distance. »

La jeune Livonienne ne vint pas dîner. Elle dormait
dans sa cabine, et Michel Strogoff ne voulut pas la faire

réveiller. Le soir arriva donc sans qu'elle eût reparu sur le pont du *Caucase*.

Le long crépuscule imprégnait alors l'atmosphère d'une fraîcheur que les passagers recherchèrent avidement après l'accablante chaleur du jour. Quand l'heure fut avancée, la plupart ne songèrent même pas à regagner les salons ou les cabines. Étendus sur les bancs, ils respiraient avec délices un peu de cette brise que développait la vitesse du steam-boat. Le ciel, à cette époque de l'année et sous cette latitude, devait à peine s'obscurcir entre le soir et le matin, et il laissait au timonier toute aisance pour se diriger au milieu des nombreuses embarcations qui descendaient ou remontaient le Volga.

Cependant, entre onze heures et deux heures du matin, la lune étant nouvelle, il fit à peu près nuit. Presque tous les passagers du pont dormaient alors, et le silence n'était plus troublé que par le bruit des palettes, frappant l'eau à intervalles réguliers.

Une sorte d'inquiétude tenait éveillé Michel Strogoff. Il allait et venait, mais toujours à l'arrière du steam-boat. Une fois, cependant, il lui arriva de dépasser la chambre des machines. Il se trouva alors sur la partie réservée aux voyageurs de seconde et de troisième classe.

Là, on dormait, non-seulement sur les bancs, mais

aussi sur les ballots, les colis et même sur les planches
du pont. Seuls, les matelots de quart se tenaient debout sur le gaillard d'avant. Deux lueurs, l'une verte,
l'autre rouge, projetées par les fanaux de tribord et de
bâbord, envoyaient quelques rayons obliques sur les
flancs du steam-boat.

Il fallait une certaine attention pour ne pas piétiner
les dormeurs, capricieusement étendus çà et là.
C'étaient pour la plupart des moujiks, habitués de
coucher à la dure et auxquels les planches d'un pont
devaient suffire. Néanmoins, ils auraient fort mal ac-
cueilli, sans doute, le maladroit qui les eût éveillés à
coups de botte.

Michel Strogoff faisait donc attention à ne heurter
personne. En allant ainsi vers l'extrémité du bateau,
il n'avait d'autre idée que de combattre le sommeil par
une promenade un peu plus longue.

Or, il était arrivé à la partie antérieure du pont, et
il montait déjà l'échelle du gaillard d'avant, lorsqu'il
entendit parler près de lui. Il s'arrêta. Les voix semblaient venir d'un groupe de passagers, enveloppés de
châles et de couvertures, qu'il était impossible de
reconnaître dans l'ombre. Mais il arrivait parfois, lorsque la cheminée du steam-boat, au milieu des volutes
de fumée, s'empanachait de flammes rougeâtres, que
des étincelles semblaient courir à travers le groupe,

comme si des milliers de paillettes se fussent subitement allumées sous un rayon lumineux.

Michel Strogoff allait passer outre, lorsqu'il entendit
plus distinctement certaines paroles, prononcées en
cette langue bizarre qui avait déjà frappé son oreille
pendant la nuit, sur le champ de foire.

Instinctivement, il eut la pensée d'écouter. Protégé
par l'ombre du gaillard, il ne pouvait être aperçu.
Quant à voir les passagers qui causaient, cela lui était
impossible. Il dut donc se borner à prêter l'oreille.

Les premiers mots qui furent échangés n'avaient
aucune importance, — du moins pour lui, — mais ils
lui permirent de reconnaître précisément les deux
voix de femme et d'homme qu'il avait entendues à
Nijni-Novgorod. Dès lors, redoublement d'attention de
sa part. Il n'était pas impossible, en effet, que ces
tsiganes, dont il avait surpris un lambeau de conversation, maintenant expulsés avec tous leurs congénères,
ne fussent à bord du *Caucase*.

Et bien lui en prit d'écouter, car ce fut assez distinctement qu'il entendit cette demande et cette réponse, faites en idiome tartare :

« On dit qu'un courrier est parti de Moscou pour
.rkoutsk !

— On le dit, Sangarre, mais ou ce courrier arrivera
trop tard, ou il n'arrivera pas ! »

Michel Strogoff tressaillit involontairement à cette réponse, qui le visait si directement. Il essaya de reconnaître si l'homme et la femme qui venaient de parler étaient bien ceux qu'il soupçonnait, mais l'ombre était alors trop épaisse, et il n'y put réussir.

Quelques instants après, Michel Strogoff, sans avoir été aperçu, avait regagné l'arrière du steam-boat, et, la tête dans les mains, il s'asseyait à l'écart. On eût pu croire qu'il dormait.

Il ne dormait pas et ne songeait pas à dormir. Il réfléchissait à ceci, non sans une assez vive appréhension :

« Qui donc sait mon départ, et qui donc a intérêt à le savoir ? »

CHAPITRE VIII

EN REMONTANT LA KAMA.

Le lendemain, 18 juillet, à six heures quarante du matin, le *Caucase* arrivait à l'embarcadère de Kazan, que sept verstes (7 kilomètres et demi) séparent de la ville.

Kazan est située au confluent du Volga et de la Kazanka. C'est un important chef-lieu de gouvernement et d'archevêché grec, en même temps qu'un siége d'université. La population variée de cette « goubernie » se compose de Tchérémisses, de Mordviens, de Tchouvaches, de Volsaiks, de Vigoulitches, de Tartares, — cette dernière race ayant conservé plus spécialement le caractère asiatique.

Bien que la ville fût assez éloignée du débarcadère, une foule nombreuse se pressait sur le quai. On venait aux nouvelles. Le gouverneur de la province avait pris un arrêté identique à celui de son collègue de Nijni-Novgorod. On voyait là des Tartares vêtus d'un cafetan à manches courtes et coiffés de bonnets pointus dont les larges bords rappellent celui du Pierrot traditionnel. D'autres, enveloppés d'une longue houppelande, la tête couverte d'une petite calotte, ressemblaient à des Juifs polonais. Des femmes, la poitrine plastronnée de clinquant, la tête couronnée d'un diadème relevé en forme de croissant, formaient divers groupes dans lesquels on discutait.

Des officiers de police, mêlés à cette foule, quelques Cosaques, la lance au poing, maintenaient l'ordre et faisaient faire place aussi bien aux passagers qui débarquaient du *Caucase* qu'à ceux qui y embarquaient, mais après avoir minutieusement examiné ces deux catégories de voyageurs. C'étaient, d'une part, des Asiatiques frappés du décret d'expulsion, et, de l'autre, quelques familles de moujiks qui s'arrêtaient à Kazan.

Michel Strogoff regardait d'un air assez indifférent ce va-et-vient particulier à tout embarcadère auquel vient d'accoster un steam-boat. Le *Caucase* devait faire escale à Kazan pendant une heure, temps nécessaire au renouvellement de son combustible.

Quant à débarquer, Michel Strogoff n'en eut pas même l'idée. Il n'aurait pas voulu laisser seule à bord la jeune Livonienne, qui n'avait pas encore reparu sur le pont.

Les deux journalistes, eux, s'étaient levés dès l'aube, comme il convient à tout chasseur diligent. Ils descendirent sur la rive du fleuve et se mêlèrent à la foule, chacun de son côté. Michel Strogoff aperçut, d'un côté, Harry Blount, le carnet à la main, crayonnant quelques types ou notant quelque observation, de l'autre, Alcide Jolivet, se contentant de parler, sûr de sa mémoire, qui ne pouvait rien oublier.

Le bruit courait, sur toute la frontière orientale de la Russie, que le soulèvement et l'invasion prenaient des proportions considérables. Les communications entre la Sibérie et l'empire étaient déjà extrêmement difficiles. Voilà ce que Michel Strogoff, sans avoir quitté le pont du *Caucase*, entendait dire aux nouveaux embarqués.

Or, ces propos ne laissaient pas de lui causer une véritable inquiétude, et ils excitaient l'impérieux désir qu'il avait d'être au delà des monts Ourals, afin de juger par lui-même de la gravité des événements et de se mettre en mesure de parer à toute éventualité. Peut-être allait-il même demander des renseignements plus

7.

précis à quelque indigène de Kazan, lorsque son attention fut tout à coup distraite.

Parmi les voyageurs qui quittaient le *Caucase*, Michel Strogoff reconnut alors la troupe des tsiganes qui, la veille, figurait encore sur le champ de foire de Nijni-Novgorod. Là, sur le pont du steam-boat, se trouvaient et le vieux bohémien et la femme qui l'avait traité d'espion. Avec eux, sous leur direction, sans doute, débarquaient une vingtaine de danseuses et de chanteuses, de quinze à vingt ans, enveloppées de mauvaises couvertures qui recouvraient leurs jupes à paillettes.

Ces étoffes, piquées alors par les premiers rayons du soleil, rappelèrent à Michel Strogoff cet effet singulier qu'il avait observé pendant la nuit. C'était tout ce paillon de bohème qui étincelait dans l'ombre, lorsque la cheminée du steam-boat vomissait quelques flammes.

« Il est évident, se dit-il, que cette troupe de tsiganes, après être restée sous le pont pendant le jour, est venue se blottir sous le gaillard pendant la nuit, Tenaient-ils donc à se montrer le moins possible, ces bohémiens? Ce n'est pourtant pas dans les habitudes de leur race! »

Michel Strogoff ne douta plus alors que le propos qui le touchait directement ne fût parti de ce groupe noir, pailleté par les lueurs du bord, et n'eût été échangé entre le vieux tsigane et la femme à laquelle il avait donné le nom mongol de Sangarre.

Michel Strogoff, par un mouvement involontaire, se porta donc vers la coupée du steam-boat, au moment où la troupe bohémienne allait le quitter pour n'y plus revenir.

Le vieux bohémien était là, dans une humble attitude, peu conforme avec l'effronterie naturelle à ses congénères. On eût dit qu'il cherchait plutôt à éviter les regards qu'à les attirer. Son lamentable chapeau, rôti par tous les soleils du monde, s'abaissait profondément sur sa face ridée. Son dos voûté se bombait sous une vieille souquenille dont il s'enveloppait étroitement, malgré la chaleur. Il eût été difficile, sous ce misérable accoutrement, de juger de sa taille et de sa figure.

Près de lui, la tsigane Sangarre, femme de trente ans, brune de peau, grande, bien campée, les yeux magnifiques, les cheveux dorés, se tenait dans une pose superbe.

De ces jeunes danseuses, plusieurs étaient remarquablement jolies, tout en ayant le type franchement accusé de leur race. Les tsiganes sont généralement attrayantes, et plus d'un de ces grands seigneurs russes, qui font profession de lutter d'excentricité avec les Anglais, n'a pas hésité à choisir sa femme parmi ces bohémiennes.

L'une d'elles fredonnait une chanson d'un rhythme étrange, dont les premiers vers peuvent se traduire ainsi :

> Le corail luit sur ma peau brune,
> L'épingle d'or à mon chignon !
> Je vais chercher fortune
> Au pays de...

La rieuse fille continua sa chanson sans doute, mais Michel Strogoff ne l'écoutait plus.

En effet, il lui sembla que la tsigane Sangarre le regardait avec une insistance singulière. On eût dit que cette bohémienne voulait ineffaçablement graver ses traits dans sa mémoire.

Puis, quelques instants après, Sangarre débarquait la dernière, lorsque le vieillard et sa troupe avaient déjà quitté le *Caucase*.

« Voilà une effrontée bohémienne ! se dit Michel Strogoff. Est-ce qu'elle m'aurait reconnu pour l'homme qu'elle a traité d'espion à Nijni-Novgorod ? Ces damnées tsiganes ont des yeux de chat ! Elles y voient clair la nuit, et celle-là pourrait bien savoir... »

Michel Strogoff fut sur le point de suivre Sangarre et sa troupe, mais il se retint.

« Non, pensa-t-il, pas de démarche irréfléchie ! Si je fais arrêter ce vieux diseur de bonne aventure et sa bande, mon incognito risque d'être dévoilé. Les voilà débarqués, d'ailleurs, et, avant qu'ils aient passé la frontière, je serai déjà loin de l'Oural. Je sais bien qu'ils peuvent prendre la route de Kazan à Ichim, mais elle n'offre aucune ressource, et un tarentass, attelé de bons chevaux de Sibérie, devancera toujours un chariot de bohémiens ! Allons, ami Korpanoff, reste tranquille ! »

D'ailleurs, à ce moment, le vieux tsigane et Sangarre avaient disparu dans la foule.

Si Kazan est justement appelée « la porte de l'Asie », si cette ville est considérée comme le centre de tout le transit du commerce sibérien et boukharien, c'est que deux routes viennent s'y amorcer, qui donnent passage à travers les monts Ourals. Mais Michel Strogoff avait choisi très-judicieusement en prenant celle qui va par Perm, Ekaterinbourg et Tioumen. C'est la grande route de poste, bien fournie de relais entretenus aux frais de l'État, et elle se prolonge depuis Ichim jusqu'à Irkoutsk.

Il est vrai qu'une seconde route, — celle dont Michel Strogoff venait de parler, — évitant le léger détour de Perm, relie également Kazan à Ichim, en passant par Iélabouga, Menzelinsk, Birsk, Zlatoouste. où elle quitte l'Europe, Tchélabinsk, Chadrinsk et Kourganne. Peut-être même est-elle un peu plus courte que l'autre, mais cet avantage est singulièrement diminué par l'absence des maisons de poste, le mauvais entretien du sol, la rareté des villages. Michel Strogoff, avec raison, ne pouvait être qu'approuvé du choix qu'il avait fait, et si, ce qui paraissait probable, ces bohémiens suivaient cette seconde route de Kazan à Ichim, il avait toutes chances d'y arriver avant eux.

Une heure après, la cloche sonnait à l'avant du *Caucase*, appelant les nouveaux passagers, rappelant les anciens. Il était sept heures du matin. Le chargement du combustible venait d'être achevé. Les tôles des chaudières frissonnaient sous la pression de la vapeur. Le steam-boat était prêt à partir.

Les voyageurs, qui allaient de Kazan à Perm, occupaient déjà leurs places à bord.

En ce moment, Michel Strogoff remarqua que, des deux journalistes, Harry Blount était le seul qui eût rejoint le steam-boat.

Alcide Jolivet allait-il donc manquer le départ?

Mais, à l'instant où l'on détachait les amarres, apparut Alcide Jolivet, tout courant. Le steam-boat avait déjà débordé, la passerelle était même retirée sur le quai, mais Alcide Jolivet ne s'embarrassa pas de si peu, et, sautant avec la légèreté d'un clown, il retomba sur le pont du *Caucase*, presque dans les bras de son confrère.

« J'ai cru que le *Caucase* allait partir sans vous, dit celui-ci d'un air moitié figue, moitié raisin.

— Bah! répondit Alcide Jolivet, j'aurais bien su vous rattraper, quand j'aurais dû fréter un bateau aux frais de ma cousine, ou courir la poste à vingt kopeks par verste et par cheval. Que voulez-vous? Il y avait loin de l'embarcadère au télégraphe!

— Vous êtes allé au télégraphe? demanda Harry Blount, dont les lèvres se pincèrent aussitôt.

— J'y suis allé! répondit Alcide Jolivet avec son plus aimable sourire.

— Et il fonctionne toujours jusqu'à Kolyvan?

— Cela, je l'ignore, mais je puis vous assurer, par exemple, qu'il fonctionne de Kazan à Paris!

— Vous avez adressé une dépêche... à votre cousine?...

— Avec enthousiasme.

— Vous avez donc appris?...

— Tenez, mon petit père, pour parler comme les Russes, répondit Alcide Jolivet, je suis bon enfant, moi, et je ne veux rien avoir de caché pour vous. Les Tartares, Féofar-Kan à leur tête, ont dépassé Sémipalatinsk et descendent le cours de l'Irtyche. Faites-en votre profit! »

Comment ! Une si grave nouvelle, et Harry Blount ne la connaissait pas, et son rival, qui l'avait vraisemblablement apprise de quelque habitant de Kazan, l'avait aussitôt transmise à Paris ! Le journal anglais était distancé ! Aussi, Harry Blount, croisant ses mains derrière son dos, alla-t-il s'asseoir à l'arrière du steamboat, sans ajouter une parole.

Vers dix heures du matin, la jeune Livonienne, ayant quitté sa cabine, monta sur le pont.

Michel Strogoff, allant à elle, lui tendit la main.

« Regarde, sœur, » lui dit-il après l'avoir amenée jusque sur l'avant du *Caucase.*

Et, en effet, le site valait qu'on l'examinât avec quelque attention.

Le *Caucase* arrivait, en ce moment, au confluent du Volga et de la Kama. C'est là qu'il allait quitter le grand fleuve, après l'avoir descendu pendant plus de quatre cents verstes, pour remonter l'importante rivière sur un parcours de quatre cent soixante verstes (490 kilomètres).

En cet endroit, les eaux des deux courants mêlaient leurs teintes un peu différentes, et la Kama, rendant à la rive gauche le même service que l'Oka avait rendu à sa rive droite en traversant Nijni-Novgorod, l'assainissait encore de son limpide affluent.

La Kama s'ouvrait largement alors, et ses rives boisées étaient charmantes. Quelques voiles blanches animaient ses belles eaux, tout imprégnées de rayons solaires. Les coteaux, plantés de trembles, d'aunes et parfois de grands chênes, fermaient l'horizon par une ligne harmonieuse, que l'éclatante lumière de midi confondait en certains points avec le fond du ciel.

Mais ces beautés naturelles ne semblaient pas pouvoir détourner, même un instant, les pensées de la jeune Livonienne. Elle ne voyait qu'une chose, le but à atteindre, et la Kama n'était pour elle qu'un chemin plus facile pour y arriver. Ses yeux brillaient extraordinairement en regardant vers l'est, comme si elle eût voulu percer de son regard cet impénétrable horizon.

Nadia avait laissé sa main dans la main de son compagnon, et bientôt, se retournant vers lui :

« A quelle distance sommes-nous de Moscou? lui demanda-t-elle.

— A neuf cents verstes! répondit Michel Strogoff.

— Neuf cents sur sept mille! » murmura la jeune fille.

C'était l'heure du déjeuner, qui fut annoncé par quelques tintements de la cloche. Nadia suivit Michel Strogoff au restaurant du steam-boat. Elle ne voulut point toucher à ces hors-d'œuvre, servis à part, tels que caviar, harengs coupés par petites tranches, eau-de-vie de seigle anisée, destinés à stimuler l'appétit, suivant un usage commun à tous les pays du Nord, en Russie comme en Suède ou en Norwége. Nadia mangea peu, et peut-être comme une pauvre fille dont les ressources sont très-restreintes. Michel Strogoff crut donc devoir se contenter du menu qui allait suffire à sa compagne, c'est-à-dire d'un peu de « koulbat », sorte de pâté fait avec des jaunes d'œufs, du riz et de la viande pilée, de choux rouges farcis au caviar (1) et de thé pour toute boisson.

Ce repas ne fut donc ni long ni coûteux, et, moins de vingt minutes après s'être mis tous les deux à table, Michel Strogoff et Nadia remontaient ensemble sur le pont du *Caucase*.

Alors, ils s'assirent à l'arrière, et, sans autre préambule, Nadia, baissant la voix de manière à n'être entendue que de lui seul :

« Frère, dit-elle, je suis la fille d'un exilé. Je me nomme Nadia Fédor. Ma mère est morte à Riga, il y a un mois à peine, et je vais à Irkoutsk rejoindre mon père pour partager son exil.

— Je vais moi-même à Irkoutsk, répondit Michel Strogoff, et je regarderai comme une faveur du ciel de remettre Nadia Fédor, saine et sauve, entre les mains de son père.

---

(1) Le caviar est un mets russe qui se compose d'œufs d'esturgeon salés.

— Merci, frère ! » répondit Nadia.

Michel Strogoff ajouta alors qu'il avait obtenu un podaroshna spécial pour la Sibérie, et que, du côté des autorités russes, rien ne pourrait entraver sa marche.

Nadia n'en demanda pas davantage. Elle ne voyait qu'une chose dans la rencontre providentielle de ce jeune homme simple et bon : le moyen pour elle d'arriver jusqu'à son père.

« J'avais, lui dit-elle, un permis qui me donnait l'autorisation de me rendre à Irkoutsk ; mais l'arrêté du gouverneur de Nijni-Novgorod est venu l'annuler, et sans toi, frère, je n'aurais pu quitter la ville où tu m'as trouvée, et dans laquelle, bien sûr, je serais morte !

— Et seule, Nadia, répondit Michel Strogoff, seule, tu osais t'aventurer à travers les steppes de la Sibérie !

— C'était mon devoir, frère.

— Mais ne savais-tu pas que le pays, soulevé et envahi, était devenu presque infranchissable ?

— L'invasion tartare n'était pas connue quand je quittai Riga, répondit la jeune Livonienne. C'est à Moscou seulement que j'ai appris cette nouvelle !

— Et, malgré cela, tu as poursuivi ta route ?

— C'était mon devoir. »

Ce mot résumait tout le caractère de cette courageuse jeune fille. Ce qui était son devoir, Nadia n'hésitait jamais à le faire.

Elle parla alors de son père, Wassili Fédor. C'était un médecin estimé de Riga. Il exerçait sa profession avec succès et vivait heureux au milieu des siens. Mais son affiliation à une société secrète étrangère ayant été établie, il reçut l'ordre de partir pour Irkoutsk, et les gendarmes, qui lui apportaient cet ordre, le conduisirent sans délai au delà de la frontière.

Wassili Fédor n'eut que le temps d'embrasser sa femme, déjà bien souffrante, sa fille, qui allait peut-être rester sans appui, et, pleurant sur ces deux êtres qu'il aimait, il partit.

Depuis deux ans, il habitait la capitale de la Sibérie orientale, et, là, il avait pu continuer, mais presque sans profit, sa profession de médecin. Néanmoins, peut-être eût-il été heureux, autant qu'un exilé peut l'être, si sa femme et sa fille eussent été près de lui. Mais Mme Fédor, déjà bien affaiblie, n'aurait pu quitter Riga. Vingt mois après le départ de son mari, elle mourut dans les bras de sa fille, qu'elle laissait seule et presque sans ressource. Nadia Fédor demanda alors et obtint facilement du gouvernement russe l'autorisation de rejoindre son père à Irkoutsk. Elle lui écrivit qu'elle partait. A peine avait-elle de quoi suffire à ce long voyage, et, cependant, elle n'hésita pas à l'entreprendre. Elle faisait ce qu'elle pouvait !... Dieu ferait le reste.

Pendant ce temps, le *Caucase* remontait le courant de la rivière. La nuit était venue, et l'air s'imprégnait d'une délicieuse fraîcheur. Des étincelles s'échappaient par milliers de la cheminée du steam-boat, chauffée au bois de pin, et, au murmure des eaux brisées sous son étrave, se mêlaient les rugissements des loups qui infestaient dans l'ombre la rive droite de la Kama.

CHAPITRE IX

EN TARENTASS NUIT ET JOUR.

Le lendemain, 18 juillet, le *Caucase* s'arrêtait au débarcadère de Perm, dernière station qu'il desservît sur la Kama.

Ce gouvernement, dont Perm est la capitale, est l'un des plus vastes de l'empire russe, et, franchissant les monts Ourals, il empiète sur le territoire de la Sibérie. Carrières de marbre, salines, gisements de platine et d'or, mines de charbon y sont exploités sur une grande échelle. En attendant que Perm, par ca situation, devienne une ville de premier ordre, elle est fort peu attrayante, très-sale, très-boueuse, et n'offre aucune ressource. A ceux qui vont de Russie en Sibérie, ce

manque de confort est assez indifférent, car ils viennent
de l'intérieur et sont munis de tout le nécessaire; mais
à ceux qui arrivent des contrées de l'Asie centrale,
après un long et fatigant voyage, il ne déplairait pas,
sans doute, que la première ville européenne de l'empire, située à la frontière asiatique, fût mieux appro-
visionnée.

C'est à Perm que les voyageurs revendent leurs
véhicules, plus ou moins endommagés par une longue
traversée au milieu des plaines de la Sibérie. C'est là
aussi que ceux qui passent d'Europe en Asie achètent
des voitures pendant l'été, des traîneaux pendant
l'hiver, avant de se lancer pour plusieurs mois au
milieu des steppes.

Michel Strogoff avait déjà arrêté son programme de
voyage, et il n'était plus question que de l'exécuter.

Il existe un service de malle-poste qui franchit assez
rapidement la chaîne des monts Ourals, mais, les circonstances étant données, ce service était désorga-
nisé. Ne l'eût-il pas été, que Michel Strogoff, voulant
aller rapidement, sans dépendre de personne, n'aurait pas pris la malle-poste. Il préférait, avec raison,
acheter une voiture et courir de relais en relais, en
activant par des « na vodkou (1) » supplémentaires le

(1) Pourboires.

zèle de ces postillons appelés iemschiks dans le pays.

Malheureusement, par suite des mesures prises contre les étrangers d'origine asiatique, un grand nombre de voyageurs avaient déjà quitté Perm, et, par conséquent, les moyens de transport étaient extrêmement rares. Michel Strogoff serait donc dans la nécessité de se contenter du rebut des autres. Quant aux chevaux, tant que le courrier du czar ne serait pas en Sibérie, il pourrait sans danger exhiber son podaroshna, et les maîtres de poste attelleraient pour lui de préférence. Mais, ensuite, une fois hors de la Russie européenne, il ne pourrait plus compter que sur la puissance des roubles.

Mais à quel genre de véhicule atteler ces chevaux? A une télègue ou à un tarentass?

La télègue n'est qu'un véritable chariot découvert, à quatre roues, dans la confection duquel il n'entre absolument que du bois. Roues, essieux, chevilles, caisse, brancards, les arbres du voisinage ont tout fourni, et l'ajustement des diverses pièces dont la télègue se compose n'est obtenu qu'au moyen de cordes grossières. Rien de plus primitif, rien de moins confortable, mais aussi rien de plus facile à réparer, si quelque accident se produit en route. Les sapins ne manquent pas sur la frontière russe, et les essieux poussent naturellement dans les forêts. C'est au moyen de la télègue que se fait la poste extraordinaire, connue sous le nom de « perekladnoï », et pour laquelle toutes routes sont bonnes. Quelquefois, il faut bien l'avouer, les liens qui attachent l'appareil se rompent, et, tandis que le train de derrière reste embourbé dans quelque fondrière, le train de devant arrive au relais sur ses deux roues, — mais ce résultat est considéré déjà comme satisfaisant.

Michel Strogoff aurait bien été forcé d'employer la télègue, s'il n'eût été assez heureux pour découvrir un tarentass.

Ce n'est pas que ce dernier véhicule soit le dernier mot du progrès de l'industrie carrossière. Les ressorts lui manquent aussi bien qu'à la télègue ; le bois, à défaut du fer, n'y est pas épargné ; mais ses quatre roues, écartées de huit à neuf pieds à l'extrémité de chaque essieu, lui assurent un certain équilibre sur des routes cahoteuses et trop souvent dénivelées. Un garde-crotte protége ses voyageurs contre les boues du chemin, et une forte capote de cuir, pouvant se rabaisser et le fermer presque hermétiquement, en rend l'occupation moins désagréable par les grandes chaleurs et les violentes bourrasque de l'été. Le tarentass est d'ailleurs aussi solide, aussi facile à réparer que la télègue, et, d'autre part, il est moins sujet à laisser son train d'arrière en détresse sur les grands chemins.

8

Du reste, ce ne fut pas sans de minutieuses recherches que Michel Strogoff parvint à découvrir ce tarentass, et il était probable qu'on n'en eût pas trouvé un second dans toute la ville de Perm. Malgré cela, il en débattit sévèrement le prix, pour la forme, afin de rester dans son rôle de Nicolas Korpanoff, simple négociant d'Irkoutsk.

Nadia avait suivi son compagnon dans ses courses à la recherche d'un véhicule. Bien que le but à atteindre fût différent, tous deux avaient une égale hâte d'arriver, et, par conséquent, de partir. On eût dit qu'une même volonté les animait.

« Sœur, dit Michel Strogoff, j'aurais voulu trouver pour toi quelque voiture plus confortable.

— Tu me dis cela, frère, à moi qui serais allée, même à pied, s'il l'avait fallu, rejoindre mon père !

— Je ne doute pas de ton courage, Nadia, mais il est des fatigues physiques qu'une femme ne peut supporter.

— Je les supporterai, quelles qu'elles soient, répondit la jeune fille. Si tu entends une plainte s'échapper de mes lèvres, laisse-moi en route et continue seul ton voyage ! »

Une demi-heure plus tard, sur la présentation du podaroshna, trois chevaux de poste étaient attelés au tarentass. Ces animaux, couverts d'un long poil, ressemblaient à des ours hauts sur pattes. Ils étaient petits, mais ardents, étant de race sibérienne.

Voici comment le postillon, l'iemschik, les avait attelés : l'un, le plus grand, était maintenu entre deux longs brancards qui portaient à leur extrémité antérieure un cerceau, appelé « douga », chargé de houppes et de sonnettes ; les deux autres étaient simplement attachés par des cordes aux marchepieds du tarentass. Du reste, pas de harnais, et pour guides, rien qu'une simple ficelle.

Ni Michel Strogoff, ni la jeune Livonienne n'emportaient de bagages. Les conditions de rapidité dans lesquelles devait se faire le voyage de l'un, les ressources plus que modestes de l'autre, leur avaient interdit de s'embarrasser de colis. Dans cette circonstance, c'était heureux, car ou le tarentass n'aurait pu prendre les bagages, ou il n'aurait pu prendre les voyageurs. Il n'était fait que pour deux personnes, sans compter l'iemschik, qui ne se tient sur son siége étroit que par un miracle d'équilibre.

Cet iemschik change, d'ailleurs, à chaque relais. Celui auquel revenait la conduite du tarentass pendant la première étape était Sibérien, comme ses chevaux, et non moins poilu qu'eux, cheveux longs, coupés carrément sur le front, chapeau à bords relevés, ceinture rouge, capote à parements croisés sur des boutons frappés au chiffre impérial.

L'iemschik, en arrivant avec son attelage, avait tout d'abord jeté un regard inquisiteur sur les voyageurs du tarentass. Pas de bagages ! — et où diable les aurait-il fourrés ? — Donc, apparence peu fortunée. Il fit une moue des plus significatives.

« Des corbeaux, dit-il sans se soucier d'être entendu ou non, des corbeaux à six kopeks par verste !

— Non ! des aigles, répondit Michel Strogoff, qui comprenait parfaitement l'argot des iemschiks, des aigles, entends-tu, à neuf kopeks par verste, le pourboire en sus ! »

Un joyeux claquement de fouet lui répondit. Le « corbeau », dans la langue des postillons russes, c'est le voyageur avare ou indigent, qui, aux relais de paysans, ne paye les chevaux qu'à deux ou trois kopeks par verste. L'« aigle », c'est le voyageur qui ne recule pas devant les hauts prix, sans compter les généreux pourboires. Aussi le corbeau ne peut-il avoir la prétention de voler aussi rapidement que l'oiseau impérial.

Nadia et Michel Strogoff prirent immédiatement place dans le tarentass. Quelques provisions, peu encombrantes et mises en réserve dans le caisson, devaient leur permettre, en cas de retard, d'atteindre les maisons de poste, qui sont très-confortablement

installées, sous la surveillance de l'État. La capote fut
rabattue, car la chaleur était insoutenable, et, à midi,
le tarentass, enlevé par ses trois chevaux, quittait Perm
au milieu d'un nuage de poussière.

La façon dont l'iemschik maintenait l'allure de son
attelage eût été certainement remarquée de tous autres
voyageurs qui, n'étant ni Russes ni Sibériens, n'eussent
pas été habitués à ces façons d'agir. En effet, le cheval
de brancard, régulateur de la marche, un peu plus
grand que ses congénères, gardait imperturbablement,
et quelles que fussent les pentes de la route, un trot
très-allongé, mais d'une régularité parfaite. Les deux
autres chevaux ne semblaient connaître d'autre allure
que le galop et se démenaient avec mille fantaisies fort
amusantes. L'iemschik, d'ailleurs, ne les frappait pas.
Tout au plus les stimulait-il par les mousquetades
éclatantes de son fouet. Mais que d'épithètes il leur
prodiguait, lorsqu'ils se conduisaient en bêtes dociles
et consciencieuses, sans compter les noms de saints
dont il les affublait ! La ficelle qui lui servait de guides
n'aurait eu aucune action sur des animaux à demi
emportés, mais, « napravo », à droite, « na lèvo », à
gauche, — ces mots, prononcés d'une voix gutturale,
faisaient meilleur effet que bride ou bridon.

Et que d'aimables interpellations suivant la circonstance !

8.

« Allez, mes colombes ! répétait l'iemschik. Allez, gentilles hirondelles ! Volez, mes petits pigeons ! Hardi, mon cousin de gauche ! Pousse, mon petit père de droite ! »

Mais aussi, quand la marche se ralentissait, que d'expressions insultantes, dont les susceptibles animaux semblaient comprendre la valeur !

« Va donc, escargot du diable ! Malheur à toi, limace ! Je t'écorcherai vive, tortue, et tu seras damnée dans l'autre monde ! »

Quoi qu'il en soit de ces façons de conduire, qui exigent plus de solidité au gosier que de vigueur au bras des iemschiks, le tarentass volait sur la route et dévorait de douze à quatorze verstes à l'heure.

Michel Strogoff était habitué à ce genre de véhicule et à ce mode de transport. Ni les soubresauts, ni les cahots ne pouvaient l'incommoder. Il savait qu'un attelage russe n'évite ni les cailloux, ni les ornières, ni les fondrières, ni les arbres renversés, ni les fossés qui ravinent la route. Il était fait à cela. Sa compagne risquait d'être blessée par les contre-coups du tarentass, mais elle ne se plaignit pas.

Pendant les premiers instants du voyage, Nadia, ainsi emportée à toute vitesse, demeura sans parler. Puis, toujours obsédée de cette pensée unique, arriver, arriver :

« J'ai compté trois cents verstes entre Perm et Ekaterinbourg, frère! dit-elle. Me suis-je trompée?

— Tu ne t'es pas trompée, Nadia, répondit Michel Strogoff, et lorsque nous aurons atteint Ekaterinbourg, nous serons au pied même des monts Ourals, sur leur versant opposé.

— Que durera cette traversée dans la montagne?

— Quarante-huit heures, car nous voyagerons nuit et jour. — Je dis nuit et jour, Nadia, ajouta-t-il, car je ne peux pas m'arrêter même un instant, et il faut que je marche sans relâche vers Irkoutsk.

— Je ne te retarderai pas, frère, non, pas même une heure, et nous voyagerons nuit et jour.

— Eh bien, alors, Nadia, puisse l'invasion tartare nous laisser le chemin libre, et, avant vingt jours, nous serons arrivés !

— Tu as déjà fait ce voyage? demanda Nadia.

— Plusieurs fois.

— Pendant l'hiver, nous aurions été plus rapidement et plus sûrement, n'est-ce pas ?

— Oui, plus rapidement surtout, mais tu aurais bien souffert du froid et des neiges !

— Qu'importe ! L'hiver est l'ami du Russe.

— Oui, Nadia, mais quel tempérament à toute épreuve il faut pour résister à une telle amitié! J'ai vu souvent la température tomber dans les steppes sibériennes à plus de quarante degrés au-dessous de glace ! J'ai senti, malgré mon vêtement de peau de renne (1), mon cœur se glacer, mes membres se tordre, mes pieds se geler sous leurs triples chaussettes de laine ! J'ai vu les chevaux de mon traîneau recouverts d'une carapace de glace, leur respiration figée aux naseaux ! J'ai vu l'eau-de-vie de ma gourde se changer en pierre dure que le couteau ne pouvait entamer !.. Mais mon traîneau filait comme l'ouragan ! Plus d'obstacles sur la plaine nivelée et blanche à perte de vue ! Plus de cours d'eau dont on est obligé de chercher les passages guéables ! Plus de lacs qu'il faut traverser en bateau ! Partout la glace dure, la route libre, le chemin assuré ! Mais au prix de quelles souffrances, Nadia ! Ceux-là seuls pourraient le dire, qui ne sont pas revenus, et dont le chasse-neige a bientôt recouvert les cadavres !

— Cependant, tu es revenu, frère, dit Nadia.

— Oui, mais je suis Sibérien, et tout enfant, quand je suivais mon père dans ses chasses, je m'accoutumais à ces dures épreuves. Mais toi, lorsque tu m'as dit, Nadia, que l'hiver ne t'aurait pas arrêtée, que tu serais partie seule, prête à lutter contre les redoutables

---

(1) Ce vêtement se nomme « dakha » : il est très-léger et, cependant, absolument imperméable au froid.

intempéries du climat sibérien, il m'a semblé te voir perdue dans les neiges et tombant pour ne plus te relever !

— Combien de fois as-tu traversé la steppe pendant l'hiver ? demanda la jeune Livonienne.

— Trois fois, Nadia, lorsque j'allais à Omsk.

— Et qu'allais-tu faire à Omsk ?

— Voir ma mère, qui m'attendait !

— Et moi, je vais à Irkoutsk, où m'attend mon père ! Je vais lui porter les dernières paroles de ma mère ! C'est te dire, frère, que rien n'aurait pu m'empêcher de partir !

— Tu es une brave enfant, Nadia, répondit Michel Strogoff, et Dieu lui-même t'aurait conduite ! »

Pendant cette journée, le tarentass fut mené rapidement par les iemschiks qui se succédèrent à chaque relais. Les aigles de la montagne n'eussent pas trouvé leur nom déshonoré par ces « aigles » de la grande route. Le haut prix payé par chaque cheval, les pourboires largement octroyés, recommandaient les voyageurs d'une façon toute spéciale. Peut-être les maîtres de poste trouvèrent-ils singulier, après la publication de l'arrêté, qu'un jeune homme et sa sœur, évidemment Russes tous les deux, pussent courir librement à travers la Sibérie, fermée à tous autres, mais leurs papiers étaient en règle, et ils avaient le droit de passer. Aussi les poteaux kilométriques restaient-ils rapidement en arrière du tarentass.

Du reste, Michel Strogoff et Nadia n'étaient pas seuls à suivre la route de Perm à Ekaterinbourg. Dès les premiers relais, le courrier du czar avait appris qu'une voiture le précédait ; mais, comme les chevaux ne lui manquaient pas, il ne s'en préoccupa pas autrement.

Pendant cette journée, les quelques haltes, durant lesquelles se reposa le tarentass, ne furent uniquement faites que pour les repas. Aux maisons de poste, on trouve à se loger et à se nourrir. D'ailleurs, à défaut de relais, la maison du paysan russe n'eût pas été moins hospitalière. Dans ces villages, qui se ressemblent presque tous, avec leur chapelle à murailles blanches et à toitures vertes, le voyageur peut frapper à toutes les portes. Elles lui seront ouvertes. Le moujik viendra, la figure souriante, et tendra la main à son hôte. On lui offrira le pain et le sel, on mettra le « samovar » sur le feu, et il sera comme chez lui. La famille déménagera plutôt, afin de lui faire place. L'étranger, quand il arrive, est le parent de tous. C'est « celui que Dieu envoie ».

En arrivant le soir, Michel Strogoff, poussé par une sorte d'instinct, demanda au maître de poste depuis combien d'heures la voiture qui le précédait avait passé au relais.

« Depuis deux heures, petit père, lui répondit le maître de poste.

— C'est une berline ?

— Non, une télègue.

— Combien de voyageurs ?

— Deux.

— Et ils vont grand train ?

— Des aigles !

— Qu'on attelle rapidement. »

Michel Strogoff et Nadia, décidés à ne pas s'arrêter une heure, voyagèrent toute la nuit.

Le temps continuait à être beau, mais on sentait que l'atmosphère, devenue pesante, se saturait peu à peu d'électricité. Aucun nuage n'interceptait les rayons stellaires, et il semblait qu'une sorte de buée chaude s'élevât du sol. Il était à craindre que quelque orage ne se déchaînât dans les montagnes, et ils y sont terribles. Michel Strogoff, habitué à reconnaître les symptômes atmosphériques, pressentait une prochaine lutte des éléments, qui ne laissa pas de le préoccuper.

La nuit se passa sans incident. Malgré les cahots du tarentass, Nadia put dormir pendant quelques heures. La capote, à demi relevée, permettait d'aspirer le peu d'air que les poumons cherchaient avidement dans cette atmosphère étouffante.

Michel Strogoff veilla toute la nuit, se défiant des iemschiks, qui s'endorment trop volontiers sur leur siége, et pas une heure ne fut perdue aux relais, pas une heure sur la route.

Le lendemain, 20 juillet, vers huit heures du matin, les premiers profils des monts Ourals se dessinèrent dans l'est. Cependant, cette importante chaîne, qui sépare la Russie d'Europe de la Sibérie, se trouvait encore à une assez grande distance, et on ne pouvait compter l'atteindre avant la fin de la journée. Le passage des montagnes devrait donc nécessairement s'effectuer pendant la nuit prochaine.

Durant cette journée, le ciel resta constamment couvert, et, par conséquent, la température fut un peu plus supportable, mais le temps était extrêmement orageux.

Peut-être, avec cette apparence, eût-il été plus prudent de ne pas s'engager dans la montagne en pleine nuit, et c'est ce qu'eût fait Michel Strogoff, s'il lui eût été permis d'attendre; mais quand, au dernier relais, l'iemschik lui signala quelques coups de tonnerre qui roulaient dans les profondeurs du massif, il se contenta de lui dire :

« Une télègue nous précède toujours ?

— Oui.

— Quelle avance a-t-elle maintenant sur nous?

— Une heure environ.

— En avant, et triple pourboire, si nous sommes demain matin à Ekaterinbourg! »

CHAPITRE X

UN ORAGE DANS LES MONTS OURALS.

Les monts Ourals se développent sur une étendue de près de trois mille verstes (3,200 kilomètres) entre l'Europe et l'Asie. Qu'on les appelle de ce nom d'Ourals, qui est d'origine tartare, ou de celui de Poyas, suivant la dénomination russe, ils sont justement nommés, puisque ces deux noms signifient « ceinture » dans les deux langues. Nés sur le littoral de la mer Arctique, ils vont mourir sur les bords de la Caspienne.

Telle était la frontière que Michel Strogoff devait franchir pour passer de Russie en Sibérie, et, on l'a dit, en prenant la route qui va de Perm à Ekaterinbourg, située sur le versant oriental des monts Ourals, il avait agi-sagement. C'était la voie la plus facile et la plus sûre, celle qui sert au transit de tout le commerce de l'Asie centrale.

La nuit devait suffire à cette traversée des montagnes, si aucun accident ne survenait. Malheureusement, les premiers grondements du tonnerre annonçaient un orage que l'état particulier de l'atmosphère devait rendre redoutable. La tension électrique était telle, qu'elle ne pouvait se résoudre que par un éclat violent.

Michel Strogoff veilla à ce que sa jeune compagne fût installée aussi bien que possible. La capote, qu'une bourrasque aurait facilement arrachée, fut maintenue plus solidement au moyen de cordes qui se croisaient au-dessus et à l'arrière. On doubla les traits des chevaux, et, par surcroît de précaution, le heurtequin des moyeux fut rembourré de paille, autant pour assurer la solidité des roues que pour adoucir les chocs, difficiles à éviter dans une nuit obscure. Enfin, l'avant-train et l'arrière-train, dont les essieux étaient simplement chevillés à la caisse du tarentass, furent reliés l'un à l'autre par une traverse de bois assujettie au moyen de boulons et d'écrous. Cette traverse tenait lieu de la barre courbe qui, dans les berlines suspendues sur des cols de cygne, rattache les deux essieux l'un à l'autre.

Nadia reprit sa place au fond de la caisse, et Michel Strogoff s'assit près d'elle. Devant la capote, complétement abaissée, pendaient deux rideaux de cuir, qui, dans une certaine mesure, devaient abriter les voyageurs contre la pluie et les rafales.

Deux grosses lanternes avaient été fixées au côté gauche du siége de l'iemschik et jetaient obliquement des lueurs blafardes peu propres à éclairer la route. Mais c'étaient les feux de position du véhicule, et, s'ils dissipaient à peine l'obscurité, du moins pouvaient-ils empêcher l'abordage de quelque autre voiture courant à contre-bord.

On le voit, toutes les précautions étaient prises, et, devant cette nuit menaçante, il était bon qu'elles le fussent.

« Nadia, nous sommes prêts, dit Michel Strogoff.

— Partons, » répondit la jeune fille.

L'ordre fut donné à l'iemschik, et le tarentass s'ébranla en remontant les premières rampes des monts Ourals.

Il était huit heures, le soleil allait se coucher. Cependant le temps était déjà très-sombre, malgré le crépuscule qui se prolonge sous cette latitude. D'énormes vapeurs semblaient surbaisser la voûte du ciel, mais aucun vent ne les déplaçait encore. Toutefois, si elles demeuraient immobiles dans le sens d'un horizon à l'autre, il n'en était pas ainsi du zénith au nadir, et la distance qui les séparait du sol diminuait visiblement. Quelques-unes de ces bandes répandaient une sorte de lumière phosphorescente et sous-tendaient à l'œil des arcs de soixante à quatre-vingts degrés. Leurs zones semblaient se rapprocher peu à peu du sol, et elles resserraient leur réseau, de manière à bientôt étreindre la montagne, comme si quelque ouragan supérieur les eût chassées de haut en bas. D'ailleurs, la route montait vers ces grosses nuées, très-denses et presque arrivées déjà au degré de condensation. Avant peu, route et vapeurs se confondraient, et si, en ce moment, les nuages ne se résolvaient pas en pluie, le brouillard serait tel que le tarentass ne pourrait plus avancer, sans risquer de tomber dans quelque précipice.

Cependant, la chaîne des monts Ourals n'atteint qu'une médiocre hauteur. L'altitude de leur plus haut sommet ne dépasse pas cinq mille pieds. Les neiges éternelles y sont inconnues, et celles qu'un hiver sibérien entasse à leurs cimes se dissolvent entièrement au soleil de l'été. Les plantes et les arbres y poussent à toute hauteur. Ainsi que l'exploitation des mines de fer et de cuivre, celle des gisements de pierres précieuses nécessite un concours assez considérable d'ouvriers. Aussi, ces villages qu'on appelle « zavody » s'y rencontrent assez fréquemment, et la rôute, percée à travers les grands défilés, est aisément praticable aux voitures de poste.

Mais ce qui est facile par le beau temps et en pleine lumière offre difficultés et périls, lorsque les éléments luttent violemment entre eux et qu'on est pris dans la lutte.

Michel Strogoff savait, pour l'avoir éprouvé déjà, ce qu'est un orage dans la montagne, et peut-être trouvait-il, avec raison, ce météore aussi redoutable que ces terribles chasse-neiges qui, pendant l'hiver, s'y déchaînent avec une incomparable violence.

Au départ, la pluie ne tombait pas encore. Michel Strogoff avait soulevé les rideaux de cuir qui protégeaient l'intérieur du tarentass, et il regardait devant lui, tout en observant les côtés de la route, que la lueur vacillante des lanternes peuplait de fantasques silhouettes.

Nadia, immobile, les bras croisés, regardait aussi, mais sans se pencher, tandis que son compagnon, le corps à demi hors de la caisse, interrogeait à la fois le ciel et la terre.

L'atmosphère était absolument tranquille, mais d'un calme menaçant. Pas une molécule d'air ne se déplaçait encore. On eût dit que la nature, à demi étouffée, ne respirait plus, et que ses poumons, c'est-à-dire ces

nuages mornes et denses, atrophiés par quelque cause,
ne pouvaient plus fonctionner. Le silence eût été absolu
sans le grincement des roues du tarentass qui broyaient
le gravier de la route, le gémissement des moyeux et
des ais de la machine, l'aspiration bruyante des chevaux auxquels manquait l'haleine, et le claquement
de leurs pieds ferrés sur les cailloux qui étincelaient
au choc.

Du reste, route absolument déserte. Le tarentass ne
croisait ni un piéton, ni un cavalier, ni un véhicule
quelconque, dans ces étroits défilés de l'Oural, par
cette nuit menaçante. Pas un feu de charbonnier dans
les bois, pas un campement de mineurs dans les
carrières exploitées, pas une hutte perdue sous les
taillis. Il fallait de ces raisons qui ne permettent ni
une hésitation ni un retard pour entreprendre la traversée de la chaîne dans ces conditions. Michel Strogoff
n'avait pas hésité. Cela ne lui était pas possible; mais
alors — et cela commençait à le préoccuper singulièrement — quels pouvaient donc être ces voyageurs dont
la télègue précédait son tarentass, et quelles raisons
majeures avaient-ils d'être si imprudents?

Michel Strogoff, pendant quelque temps, resta ainsi
en observation. Vers onze heures, les éclairs commencèrent à illuminer le ciel et ne discontinuèrent
plus. A leur rapide lueur, on voyait apparaître et

disparaître la silhouette des grands pins qui se mas-
saient aux divers points de la route. Puis, lorsque le
tarentass s'approchait à raser la bordure du chemin,
de profonds gouffres s'éclairaient sous la déflagration
des nues. De temps en temps, un roulement plus
grave du véhicule indiquait qu'il franchissait un pont
de madriers à peine équarris, jeté sur quelque crevasse,
et le tonnerre semblait rouler au-dessous de lui. D'ailleurs, l'espace ne tarda pas à s'emplir de bourdonne-
ments monotones, qui devenaient d'autant plus graves
qu'ils montaient davantage dans les hauteurs du ciel.
À ces bruits divers se mêlaient les cris et les interjections de l'iemschik, tantôt flattant, tantôt gourmandant
ses pauvres bêtes, plus fatiguées de la lourdeur de l'air
que de la raideur du chemin. Les sonnettes du brancard ne pouvaient même plus les animer, et, par instants, elles fléchissaient sur leurs jambes.

« A quelle heure arriverons-nous au sommet du col?
demanda Michel Strogoff à l'iemschik.

— A une heure du matin,... si nous y arrivons! répondit celui-ci en secouant la tête.

— Dis donc, l'ami, tu n'en es pas à ton premier orage
dans la montagne, n'est-ce pas?

— Non, et fasse Dieu que celui-ci ne soit pas mon
dernier!

— As-tu donc peur?

— Je n'ai pas peur, mais je te répète que tu as eu tort de partir.

— J'aurais eu plus grand tort de rester.

— Va donc, mes pigeons ! » répliqua l'iemschik, en homme qui n'est pas là pour discuter, mais pour obéir.

En ce moment, un frémissement lointain se fit entendre. C'était comme un millier de sifflements aigus et assourdissants, qui traversaient l'atmosphère, calme jusqu'alors. A la lueur d'un éblouissant éclair qui fut presque aussitôt suivi d'un éclat de tonnerre terrible, Michel Strogoff aperçut de grands pins qui se tordaient sur une cime. Le vent se déchaînait, mais il ne troublait encore que les hautes couches de l'air. Quelques bruits secs indiquèrent que certains arbres, vieux ou mal enracinés, n'avaient pu résister à la première attaque de la bourrasque. Une avalanche de troncs brisés traversa la route, après avoir formidablement rebondi sur les rocs, et alla se perdre dans l'abîme de gauche, à deux cents pas en avant du tarentass.

Les chevaux s'étaient arrêtés court.

« Va donc, mes jolies colombes ! » cria l'iemschik en mêlant les claquements de son fouet aux roulements du tonnerre.

Michel Strogoff saisit la main de Nadia.

« Dors-tu, sœur ? lui demanda-t-il.

9.

— Non, frère.

— Sois prête à tout. Voici l'orage !

— Je suis prête. »

Michel Strogoff n'eut que le temps de fermer les rideaux de cuir du tarentass.

La bourrasque arrivait en foudre.

L'iemschik, sautant de son siége, se jeta à la tête de ses chevaux, afin de les maintenir, car un immense danger menaçait tout l'attelage.

En effet, le tarentass, immobile, se trouvait alors à un tournant de la route par lequel débouchait la bourrasque. Il fallait donc le tenir tête au vent, sans quoi, pris de côté, il eût immanquablement chaviré et eût été précipité dans un profond abîme que le chemin côtoyait sur la gauche. Les chevaux, repoussés par les rafales, se cabraient, et leur conducteur ne pouvait parvenir à les calmer. Aux interpellations amicales avaient succédé dans sa bouche les qualifications les plus insultantes. Rien n'y faisait. Les malheureuses bêtes, aveuglées par les décharges électriques, épouvantées par les éclats incessants de la foudre, qui étaient comparables à des détonations d'artillerie, menaçaient de briser leurs traits et de s'enfuir. L'iemschik n'était plus maître de son attelage.

A ce moment, Michel Strogoff, s'élançant d'un bond hors du tarentass, lui vint en aide. Doué d'une force peu commune, il parvint, non sans peine, à maîtriser les chevaux.

Mais la furie de l'ouragan redoublait alors. La route, en cet endroit, s'évasait en forme d'entonnoir et laissait la bourrasque s'y engouffrer, comme elle eût fait dans ces manches d'aération tendues au vent à bord des steamers. En même temps, une avalanche de pierres et de troncs d'arbres commençait à rouler du haut des talus.

« Nous ne pouvons rester ici, dit Michel Strogoff.

— Nous n'y resterons pas non plus ! s'écria l'iemschik, tout effaré, en se raidissant de toutes ses forces contre cet effroyable déplacement des couches d'air. L'ouragan aura bientôt fait de nous envoyer au bas de la montagne, et par le plus court !

— Prends le cheval de droite, poltron ! répondit Michel Strogoff. Moi, je réponds de celui de gauche ! »

Un nouvel assaut de la rafale interrompit Michel Strogoff. Le conducteur et lui durent se courber jusqu'à terre pour ne pas être renversés ; mais la voiture, malgré leurs efforts et ceux des chevaux qu'ils maintenaient debout au vent, recula de plusieurs longueurs, et, sans un tronc d'arbre qui l'arrêta, elle était précipitée hors de la route.

« N'aie pas peur, Nadia ! cria Michel Strogoff.

— Je n'ai pas peur, » répondit la jeune Livonienne, sans que sa voix trahît la moindre émotion.

Les roulements de tonnerre avaient cessé un instant, et l'effroyable bourrasque, après avoir franchi le tournant, se perdait dans les profondeurs du défilé.

« Veux-tu redescendre ? dit l'iemschik.

— Non, il faut remonter ! Il faut passer ce tournant ! Plus haut, nous aurons l'abri du talus !

— Mais les chevaux refusent !

— Fais comme moi, et tire-les en avant !

— La bourrasque va revenir !

— Obéiras-tu ?

— Tu le veux !

— C'est le Père qui l'ordonne ! répondit Michel Strogoff, qui invoqua pour la première fois le nom de l'empereur, ce nom tout-puissant, maintenant, sur trois parties du monde.

— Va donc, mes hirondelles ! » s'écria l'iemschik, saisissant le cheval de droite, pendant que Michel Strogoff en faisait autant de celui de gauche.

Les chevaux, ainsi tenus, reprirent péniblement la route. Ils ne pouvaient plus se jeter de côté, et le cheval de brancard, n'étant plus tiraillé sur ses flancs, put garder le milieu du chemin. Mais, hommes et bêtes, pris debout par les rafales, ne faisaient guère trois pas sans en perdre un et quelquefois deux. Ils glissaient, ils tombaient, ils se relevaient. A ce jeu, le véhicule risquait fort de se détraquer. Si la capote n'eût pas été solidement assujettie, le tarentass eût été décoiffé du premier coup.

Michel Strogoff et l'iemschik mirent plus de deux heures à remonter cette portion du chemin, longue d'une demi-verste au plus, et qui était si directement exposée au fouet de la bourrasque. Le danger alors n'était pas seulement dans ce formidable ouragan qui luttait contre l'attelage et ses deux conducteurs, mais surtout dans cette grêle de pierres et de troncs brisés que la montagne secouait et projetait sur eux.

Soudain, un de ces blocs fut aperçu, dans l'épanouissement d'un éclair, se mouvant avec une rapidité croissante et roulant dans la direction du tarentass.

L'iemschik poussa un cri.

Michel Strogoff, d'un vigoureux coup de fouet, voulut faire avancer l'attelage, qui refusa.

Quelques pas seulement, et le bloc eût passé en arrière!...

Michel Strogoff, en un vingtième de seconde, vit à la fois le tarentass atteint, sa compagne écrasée! Il comprit qu'il n'avait plus le temps de l'arracher vivante du véhicule!...

Mais alors, se jetant à l'arrière, trouvant dans cet immense péril une force surhumaine, le dos à l'essieu, les pieds arc-boutés au sol, il repoussa de quelques pieds la lourde voiture.

L'énorme bloc, en passant, frôla la poitrine du jeune homme et lui coupa la respiration, comme eût fait un boulet de canon, en broyant les silex de la route, qui étincelèrent au choc.

« Frère ! s'était écriée Nadia épouvantée, qui avait vu toute cette scène à la lueur de l'éclair.

— Nadia ! répondit Michel Strogoff, Nadia, ne crains rien !...

— Ce n'est pas pour moi que je pouvais craindre !

— Dieu est avec nous, sœur !

— Avec moi, bien sûr, frère, puisqu'il t'a mis sur ma route ! » murmura la jeune fille.

La poussée du tarentass, due à l'effort de Michel Strogoff, ne devait pas être perdue. Ce fut l'élan donné qui permit aux chevaux affolés de reprendre leur première direction. Traînés, pour ainsi dire, par Michel Strogoff et l'iemschik, ils remontèrent la route jusqu'à un col étroit, orienté sud et nord, où ils devaient être abrités contre les assauts directs de la tourmente. Le talus de droite faisait là une sorte de redan, dû à la saillie d'un énorme rocher qui occupait le centre d'un remous. Le vent n'y tourbillonnait donc pas, et la place y était tenable, tandis qu'à la circonférence de ce cyclone ni hommes ni chevaux n'eussent pu résister.

Et, en effet, quelques sapins, dont la cime dépassait

l'arête du rocher, furent étêtés en un clin d'œil, comme
si une faux gigantesque eût nivelé le talus au ras de
leur ramure.

L'orage était alors dans toute sa fureur. Les éclairs
emplissaient le défilé, et les éclats du tonnerre ne
discontinuaient plus. Le sol, frémissant sous ces coups
furieux, semblait trembler, comme si le massif de
l'Oural eût été soumis à une trépidation générale.

Très-heureusement, le tarentass avait pu être, pour
ainsi dire, remisé dans une profonde anfractuosité que
la bourrasque ne frappait que d'écharpe. Mais il n'était
pas si bien défendu que quelques contre-courants
obliques, déviés par des saillies du talus, ne l'attei-
gnissent parfois avec violence. Il se heurtait alors
contre la paroi du rocher, à faire craindre qu'il ne
fût brisé en mille pièces.

Nadia dut abandonner la place qu'elle y occupait.
Michel Strogoff, après avoir cherché à la lueur d'une
des lanternes, découvrit une excavation, due au pic
de quelque mineur, et la jeune fille put s'y blottir, en
attendant que le voyage pût être repris.

En ce moment, — il était une heure du matin, — la
pluie commença à tomber, et bientôt les rafales, faites
d'eau et de vent, acquirent une violence extrême, sans
pouvoir cependant éteindre les feux du ciel. Cette
complication rendait tout départ impossible.

Donc, quelle que fût l'impatience de Michel Strogoff, — et l'on comprend qu'elle fût grande, — il lui fallut laisser passer le plus fort de la tourmente. Arrivé d'ailleurs au col même qui franchit la route de Perm à Ekaterinbourg, il n'avait plus qu'à descendre les pentes des monts Ourals, et descendre, dans ces conditions, sur un sol raviné par les mille torrents de la montagne, au milieu des tourbillons d'air et d'eau, c'était absolument jouer sa vie, c'était courir à l'abîme.

« Attendre, c'est grave, dit alors Michel Strogoff, mais c'est sans doute éviter de plus longs retards. La violence de l'orage me fait espérer qu'il ne durera pas. Vers trois heures, le jour commencera à reparaître, et la descente, que nous ne pouvons risquer dans l'obscurité, deviendra, sinon facile, du moins possible après le lever du soleil.

— Attendons, frère, répondit Nadia, mais si tu retardes ton départ, que ce ne soit pas pour m'épargner une fatigue ou un danger!

— Nadia, je sais que tu es décidée à tout braver, mais, en nous compromettant tous deux, je risquerais plus que ma vie, plus que la tienne, je manquerais à la tâche, au devoir que j'ai avant tout à accomplir!

— Un devoir!... » murmura Nadia.

En ce moment, un violent éclair déchira le ciel, et

sembla, pour ainsi dire, volatiliser la pluie. Aussitôt un coup sec retentit. L'air fut rempli d'une odeur sulfureuse, presque asphyxiante, et un bouquet de grands pins, frappé par le fluide électrique à vingt pas du tarentass, s'enflamma comme une torche gigantesque.

L'iemschik, jeté à terre par une sorte de choc en retour, se releva heureusement sans blessures.

Puis, après que les derniers roulements du tonnerre se furent perdus dans les profondeurs de la montagne, Michel Strogoff sentit la main de Nadia s'appuyer fortement sur la sienne, et il l'entendit murmurer ces mots à son oreille :

« Des cris, frère! Écoute! »

CHAPITRE XI

VOYAGEURS EN DÉTRESSE.

En effet, pendant cette courte accalmie, des cris se faisaient entendre vers la partie supérieure de la route, et à une distance assez rapprochée de l'anfractuosité qui abritait le tarentass.

C'était comme un appel désespéré, évidemment jeté par quelque voyageur en détresse.

Michel Strogoff, prêtant l'oreille, écoutait.

L'iemschik écoutait aussi, mais en secouant la tête, comme s'il lui eût semblé impossible de répondre à cet appel.

« Des voyageurs qui demandent du secours ! s'écria Nadia.

— S'ils ne comptent que sur nous!..... répondit l'iemschik.

— Pourquoi non? s'écria Michel Strogoff. Ce qu'ils feraient pour nous en pareille circonstance, ne devons-nous pas le faire pour eux?

— Mais vous n'allez pas exposer la voiture et les chevaux!...

— J'irai à pied, répondit Michel Strogoff, en inter-rompant l'iemschik.

— Je t'accompagne, frère, dit la jeune Livonienne.

— Non, reste, Nadia. L'iemschik demeurera près de toi. Je ne veux pas le laisser seul...

— Je resterai, répondit Nadia.

— Quoi qu'il arrive, ne quitte pas cet abri!

— Tu me retrouveras là où je suis. »

Michel Strogoff serra la main de sa compagne, et, franchissant le tournant du talus, il disparut aussitôt dans l'ombre.

« Ton frère a tort, dit l'iemschik à la jeune fille.

— Il a raison, » répondit simplement Nadia.

Cependant, Michel Strogoff remontait rapidement la route. S'il avait grande hâte de porter secours à ceux qui jetaient ces cris de détresse, il avait grand désir aussi de savoir quels pouvaient être ces voyageurs que l'orage n'avait pas empêchés de s'aventurer dans la montagne, car il ne doutait pas que ce ne fus-

sent ceux dont la télègue précédait toujours son tarentass.

La pluie avait cessé, mais la bourrasque redoublait
de violence. Les cris, apportés par le courant atmo-
sphérique, devenaient de plus en plus distincts. De
l'endroit où Michel Strogoff avait laissé Nadia, on ne
pouvait rien voir. La route était sinueuse, et la lueur
des éclairs ne laissait apparaître que le saillant des
talus qui coupaient le lacet du chemin. Les rafales,
brusquement brisées à tous ces angles, formaient des
remous difficiles à franchir, et il fallait à Michel Strogoff une force peu commune pour leur résister.

Mais il fut bientôt évident que les voyageurs, dont
les cris se faisaient entendre, ne devaient plus être
éloignés. Bien que Michel Strogoff ne pût encore les
voir, soit qu'ils eussent été rejetés hors de la route,
soit que l'obscurité les dérobât à ses regards, leurs
paroles, cependant, arrivaient assez distinctement à
son oreille.

Or, voici ce qu'il entendit, — ce qui ne laissa pas
de lui causer une certaine surprise :

« Butor ! reviendras-tu ?

— Je te ferai knouter au prochain relais !

— Entends-tu, postillon du diable ! Eh ! là-bas !

— Voilà comme ils vous conduisent dans ce pays !...

— Et ce qu'ils appellent une télègue !

— Eh! triple brute! Il détale toujours et ne paraît pas s'apercevoir qu'il nous laisse en route!

— Me traiter ainsi, moi! un Anglais accrédité! Je me plaindrai à la chancellerie, et je le ferai pendre! »

Celui qui parlait ainsi était véritablement dans une grosse colère. Mais tout à coup, il sembla à Michel Strogoff que le second interlocuteur prenait son parti de ce qui se passait, car l'éclat de rire le plus inattendu, au milieu d'une telle scène, retentit soudain et fut suivi de ces paroles :

« Eh bien! non! décidément, c'est trop drôle!

— Vous osez rire! répondit d'un ton passablement aigre le citoyen du Royaume-Uni.

— Certes oui, cher confrère, et de bon cœur, et c'est ce que j'ai de mieux à faire! Je vous engage à en faire autant! Parole d'honneur, c'est trop drôle, ça ne s'est jamais vu!... »

En ce moment, un violent coup de tonnerre remplit le défilé d'un fracas effroyable, que les échos de la montagne multiplièrent dans une proportion grandiose. Puis, après que le dernier roulement se fût éteint, la voix joyeuse retentit encore, disant :

« Oui, extraordinairement drôle! Voilà certainement qui n'arriverait pas en France!

— Ni en Angleterre! » répondit l'Anglais.

Sur la route, largement éclairée alors par les éclairs,

Michel Strogoff aperçut, à vingt pas, deux voyageurs, juchés l'un près de l'autre sur le banc de derrière d'un singulier véhicule, qui paraissait être profondément embourbé dans quelque ornière.

Michel Strogoff s'approcha des deux voyageurs, dont l'un continuait de rire et l'autre de maugréer, et il reconnut les deux correspondants de journaux, qui, embarqués sur le *Caucase*, avaient fait en sa compagnie la route de Nijni-Novgorod à Perm.

« Eh ! bonjour, monsieur ! s'écria le Français. Enchanté de vous voir dans cette circonstance ! Permettez-moi de vous présenter mon ennemi intime, monsieur Blount. »

Le reporter anglais salua, et peut-être allait-il, à son tour, présenter son confrère Alcide Jolivet, conformément aux règles de la politesse, quand Michel Strogoff lui dit :

« Inutile, messieurs, nous nous connaissons, puisque nous avons déjà voyagé ensemble sur le Volga.

— Ah ! très-bien ! Parfait ! monsieur... ?

— Nicolas Korpanoff, négociant d'Irkoutsk, répondit Michel Strogoff. Mais m'apprendrez-vous quelle aventure, si lamentable pour l'un, si plaisante pour l'autre, vous est arrivée ?

— Je vous fais juge, monsieur Korpanoff, répondit Alcide Jolivet. Imaginez-vous que notre postillon est parti avec l'avant-train de son infernal véhicule, nous laissant en panne sur l'arrière-train de son absurde équipage! La pire moitié d'une télègue pour deux, plus de guide, plus de chevaux! N'est-ce pas absolument et superlativement drôle?

— Pas drôle du tout! répondit l'Anglais.

— Mais si, confrère! Vous ne savez vraiment pas prendre les choses par leur bon côté!

— Et comment, s'il vous plaît, pourrons-nous continuer notre route? demanda Harry Blount.

— Rien n'est plus simple, répondit Alcide Jolivet. Vous allez vous atteler à ce qui nous reste de voiture; moi, je prendrai les guides, je vous appellerai mon petit pigeon, comme un véritable iemschik, et vous marcherez comme un vrai postier!

— Monsieur Jolivet, répondit l'Anglais, cette plaisanterie passe les bornes, et...

— Soyez calme, confrère. Quand vous serez fourbu, je vous remplacerai, et vous aurez droit de me traiter d'escargot poussif ou de tortue qui se pâme, si je ne vous mène pas d'un train d'enfer! »

Alcide Jolivet disait toutes ces choses avec une telle bonne humeur, que Michel Strogoff ne put s'empêcher de sourire.

« Messieurs, dit-il alors, il y a mieux à faire. Nous sommes arrivés, ici, au col supérieur de la chaîne de

l'Oural, et, par conséquent, nous n'avons plus maintenant qu'à descendre les pentes de la montagne. Ma
voiture est là, à cinq cents pas en arrière. Je vous
prêterai un de mes chevaux, on l'attellera à la caisse
de votre télègue, et demain, si aucun accident ne se
produit, nous arriverons ensemble à Ekaterinbourg.

— Monsieur Korpanoff, répondit Alcide Jolivet, voici
une proposition qui part d'un cœur généreux!

— J'ajoute, monsieur, répondit Michel Strogoff,
que si je ne vous offre pas de monter dans mon tarentass, c'est qu'il ne contient que deux places, et que
ma sœur et moi, nous les occupons déjà.

— Comment donc, monsieur, répondit Alcide Jolivet, mais mon confrère et moi, avec votre cheval et
l'arrière-train de notre demi-télègue, nous irions au
bout du monde!

— Monsieur, reprit Harry Blount, nous acceptons
votre offre obligeante. Quant à cet iemschik!...

— Oh! croyez bien que ce n'est pas la première fois
que pareille aventure lui arrive! répondit Michel
Strogoff.

— Mais, alors, pourquoi ne revient-il pas? Il sait parfaitement qu'il nous a laissés en arrière, le misérable!

— Lui! Il ne s'en doute même pas!

— Quoi! Ce brave homme ignore qu'une scission
s'est opérée entre les deux parties de sa télègue?

— Il l'ignore, et c'est de la meilleure foi du monde qu'il conduit son avant-train à Ekaterinbourg !

— Quand je vous disais que c'était tout ce qu'il y a de plus plaisant, confrère ! s'écria Alcide Jolivet.

— Si donc, messieurs, vous voulez me suivre, reprit Michel Strogoff, nous rejoindrons ma voiture, et...

— Mais la télègue ? fit observer l'Anglais.

— Ne craignez pas qu'elle s'envole, mon cher Blount ! s'écria Alcide Jolivet. La voilà si bien enracinée dans le sol, que si on l'y laissait, au printemps prochain il y pousserait des feuilles !

— Venez donc, messieurs, dit Michel Strogoff, et nous ramènerons ici le tarentass. »

Le Français et l'Anglais, descendant de la banquette de fond, devenue ainsi siége de devant, suivirent Michel Strogoff.

Tout en marchant, Alcide Jolivet, suivant son habitude, causait avec sa bonne humeur, que rien ne pouvait altérer.

« Ma foi, monsieur Korpanoff, dit-il à Michel Strogoff, vous nous tirez là d'un fier embarras !

— Je n'ai fait, monsieur, répondit Michel Strogoff, que ce que tout autre eût fait à ma place. Si les voyageurs ne s'entre-aidaient pas, il n'y aurait plus qu'à barrer les routes !

— A charge de revanche, monsieur. Si vous allez

loin dans les steppes, il est possible que nous nous rencontrions encore, et... »

Alcide Jolivet ne demandait pas d'une façon formelle à Michel Strogoff où il allait, mais celui-ci, ne voulant pas avoir l'air de dissimuler, répondit aussitôt :

« Je vais à Omsk, messieurs.

— Et monsieur Blount et moi, reprit Alcide Jolivet, nous allons un peu devant nous, là où il y aura peut-être quelque balle, mais, à coup sûr, quelque nouvelle à attraper.

— Dans les provinces envahies ? demanda Michel Strogoff avec un certain empressement.

— Précisément, monsieur Korpanoff, et il est probable que nous ne nous y rencontrerons pas !

— En effet, monsieur, répondit Michel Strogoff. Je suis peu friand de coups de fusil ou de coups de lance, et trop pacifique de mon naturel pour m'aventurer là où l'on se bat.

— Désolé, monsieur, désolé, et, véritablement, nous ne pourrons que regretter de nous séparer sitôt ! Mais, en quittant Ekaterinbourg, peut-être notre bonne étoile voudra-t-elle que nous voyagions encore ensemble, ne fût-ce que pendant quelques jours ?

— Vous vous dirigez sur Omsk ? demanda Michel Strogoff, après avoir réfléchi un instant.

— Nous n'en savons rien encore, répondit Alcide Jolivet, mais très-certainement nous irons directement jusqu'à Ichim, et, une fois là, nous agirons selon les événements.

— Eh bien, messieurs, dit Michel Strogoff, nous irons de conserve jusqu'à Ichim. »

Michel Strogoff eût évidemment mieux aimé voyager seul, mais il ne pouvait, sans que cela parût au moins singulier, chercher à se séparer de deux voyageurs qui allaient suivre la même route que lui. D'ailleurs, puisqu'Alcide Jolivet et son compagnon avaient l'intention de s'arrêter à Ichim, sans immédiatement continuer sur Omsk, il n'y avait aucun inconvénient à faire avec eux cette partie du voyage.

« Eh bien, messieurs, répondit-il, voilà qui est convenu. Nous ferons route ensemble. »

Puis, du ton le plus indifférent :

« Savez-vous avec quelque certitude où en est l'invasion tartare ? demanda-t-il.

— Ma foi, monsieur, nous n'en savons que ce qu'on en disait à Perm, répondit Alcide Jolivet. Les Tartares de Féofar-Khan ont envahi toute la province de Sémipalatinsk, et, depuis quelques jours, ils descendent à marche forcée le cours de l'Irtyche. Il faut donc vous hâter si vous voulez les devancer à Omsk.

— En effet, répondit Michel Strogoff.

— On ajoutait aussi que le colonel Ogareff avait réussi à passer la frontière sous un déguisement, et qu'il ne pouvait tarder à rejoindre le chef tartare au centre même du pays soulevé.

— Mais comment l'aurait-on su? demanda Michel Strogoff, que ces nouvelles, plus ou moins véridiques, intéressaient directement.

— Eh ! comme on sait toutes ces choses, répondit Alcide Jolivet. C'est dans l'air.

— Et vous avez des raisons sérieuses de penser que le colonel Ogareff est en Sibérie?

— J'ai même entendu dire qu'il avait dû prendre la route de Kazan à Ekaterinbourg.

— Ah ! vous saviez cela, monsieur Jolivet ? dit alors Harry Blount, que l'observation du correspondant français tira de son mutisme.

— Je le savais, répondit Alcide Jolivet.

— Et saviez-vous qu'il devait être déguisé en bohémien ? demanda Harry Blount.

— En bohémien ! s'écria presque involontairement Michel Strogoff, qui se rappela la présence du vieux tsigane à Nijni-Novgorod, son voyage à bord du *Caucase* et son débarquement à Kazan.

— Je le savais assez pour en faire l'objet d'une lettre à ma cousine, répondit en souriant Alcide Jolivet.

— Vous n'avez pas perdu votre temps à Kazan ! fit observer l'Anglais d'un ton sec.

— Mais non, cher confrère, et, pendant que le *Caucase* s'approvisionnait, je faisais comme le *Caucase !* »

Michel Strogoff n'écoutait plus les réparties qu'Harry Blount et Alcide Jolivet échangeaient entre eux. Il songeait à cette troupe de bohémiens, à ce vieux tsigane dont il n'avait pu voir le visage, à la femme étrange qui l'accompagnait, au singulier regard qu'elle avait jeté sur lui, et il cherchait à rassembler dans son esprit tous les détails de cette rencontre, lorsqu'une détonation se fit entendre à une courte distance.

« Ah ! messieurs, en avant ! s'écria Michel Strogoff.

— Tiens ! pour un digne négociant qui fuit les coups de feu, se dit Alcide Jolivet, il court bien vite à l'endroit où ils éclatent ! »

Et, suivi d'Harry Blount, qui n'était pas homme à rester en arrière, il se précipita sur les pas de Michel Strogoff.

Quelques instants après, tous trois étaient en face du saillant qui abritait le tarentass au tournant du chemin.

Le bouquet de pins allumé par la foudre brûlait encore. La route était déserte. Cependant, Michel

Strogoff n'avait pu se tromper. Le bruit d'une arme à feu était bien arrivé jusqu'à lui.

Soudain, un formidable grognement se fit entendre, et une seconde détonation éclata au delà du talus.

« Un ours ! s'écria Michel Strogoff, qui ne pouvait se méprendre à ce grognement. Nadia ! Nadia ! »

Et, tirant son coutelas de sa ceinture, Michel Strogoff s'élança par un bond formidable et tourna le contrefort derrière lequel la jeune fille avait promis de l'attendre.

Les pins, alors dévorés par les flammes du tronc à la cime, éclairaient largement la scène.

Au moment où Michel Strogoff atteignit le tarentass, une masse énorme recula jusqu'à lui.

C'était un ours de grande taille. La tempête l'avait chassé des bois qui hérissaient ce talus de l'Oural, et il était venu chercher refuge dans cette excavation, sa retraite habituelle, sans doute, que Nadia occupait alors.

Deux des chevaux, effrayés de la présence de l'énorme animal, brisant leurs traits, avaient pris la fuite, et l'iemschik, ne pensant qu'à ses bêtes, oubliant que la jeune fille allait rester seule en présence de l'ours, s'était jeté à leur poursuite.

La courageuse Nadia n'avait pas perdu la tête. L'animal, qui ne l'avait pas vue tout d'abord, s'était attaqué à l'autre cheval de l'attelage. Nadia, quittant alors l'anfractuosité dans laquelle elle s'était blottie, avait couru à la voiture, pris un des revolvers de Michel Strogoff, et, marchant hardiment sur l'ours, elle avait fait feu à bout portant.

L'animal, légèrement blessé à l'épaule, s'était retourné contre la jeune fille, qui avait cherché d'abord à l'éviter en tournant autour du tarentass, dont le cheval cherchait à briser ses liens. Mais ces chevaux, une fois perdus dans la montagne, c'était tout le voyage compromis. Nadia était donc revenue droit à l'ours, et, avec un sang-froid surprenant, au moment même où les pattes de l'animal allaient s'abattre sur sa tête, elle avait fait feu sur lui une seconde fois.

C'était cette seconde détonation qui venait d'éclater à quelques pas de Michel Strogoff. Mais il était là. D'un bond il se jeta entre l'ours et la jeune fille. Son bras ne fit qu'un seul mouvement de bas en haut, et l'énorme bête, fendue du ventre à la gorge, tomba sur le sol comme une masse inerte.

C'était un beau specimen de ce fameux coup des chasseurs sibériens, qui tiennent à ne pas endommager cette précieuse fourrure des ours, dont ils tirent un haut prix.

« Tu n'es pas blessée, sœur? dit Michel Strogoff, en se précipitant vers la jeune fille.

— Non, frère, » répondit Nadia,

En ce moment apparurent les deux journalistes.

Alcide Jolivet se jeta à la tête du cheval, et il faut croire qu'il avait le poignet solide, car il parvint à le contenir. Son compagnon et lui avaient vu la rapide manœuvre de Michel Strogoff.

« Diable ! s'écria Alcide Jolivet, pour un simple négociant, monsieur Korpanoff, vous maniez joliment le couteau du chasseur !

— Très-joliment même, ajouta Harry Blount.

— En Sibérie, messieurs, répondit Michel Strogoff, nous sommes forcés de faire un peu de tout ! »

Alcide Jolivet regarda alors le jeune homme.

Vu en pleine lumière, le couteau sanglant à la main, avec sa haute taille, son air résolu, le pied posé sur le corps de l'ours qu'il venait d'abattre, Michel Strogoff était beau à voir.

« Un rude gaillard ! » se dit Alcide Jolivet.

S'avançant alors respectueusement, son chapeau à la main, il vint saluer la jeune fille.

Nadia s'inclina légèrement.

Alcide Jolivet, se tournant alors vers son compagnon :

« La sœur vaut le frère ! dit-il. Si j'étais ours, je ne me frotterais pas à ce couple redoutable et charmant ! »

Harry Blount, droit comme un piquet, se tenait, chapeau bas, à quelque distance. La désinvolture de son compagnon avait pour effet d'ajouter encore à sa raideur habituelle.

En ce moment reparut l'iemschik, qui était parvenu à rattraper ses deux chevaux. Il jeta tout d'abord un œil de regret sur le magnifique animal, gisant sur le sol, qu'il allait être obligé d'abandonner aux oiseaux de proie, et il s'occupa de réinstaller son attelage.

Michel Strogoff lui fit alors connaître la situation des deux voyageurs et son projet de mettre un des chevaux du tarentass à leur disposition.

« Comme il te plaira, répondit l'iemschik. Seulement, deux voitures au lieu d'une....

— Bon! l'ami, répondit Alcide Jolivet, qui comprit l'insinuation, on te payera double.

— Va donc, mes tourtereaux! » cria l'iemschik.

Nadia était remontée dans le tarentass, que suivaient à pied Michel Strogoff et ses deux compagnons.

Il était trois heures. La bourrasque, alors dans sa période décroissante, ne se déchaînait plus aussi violemment à travers le défilé, et la route fut remontée rapidement.

Aux premières lueurs de l'aube, le tarentass avait rejoint la télègue, qui était consciencieusement embourbée jusqu'au moyeu de ses roues. On comprenait parfaitement qu'un vigoureux coup de collier de son attelage eût opéré la séparation des deux trains.

Un des chevaux de flanc du tarentass fut attelé à l'aide de cordes à la caisse de la télègue. Les deux journalistes reprirent place sur le banc de leur singulier équipage, et les voitures se mirent aussitôt en mouvement. Du reste, elles n'avaient plus qu'à descendre les pentes de l'Oural, — ce qui n'offrait aucune difficulté.

Six heures après, les deux véhicules, l'un suivant l'autre, arrivaient à Ekaterinbourg, sans qu'aucun incident fâcheux eût marqué la seconde partie de leur voyage.

Le premier individu que les journalistes aperçurent sur la porte de la maison de poste, ce fut leur iemschik, qui semblait les attendre.

Ce digne Russe avait vraiment une bonne figure, et, sans plus d'embarras, l'œil souriant, il s'avança vers ses voyageurs, et, leur tendant la main, il réclama son pourboire.

La vérité oblige à dire que la fureur d'Harry Blount éclata avec une violence toute britannique, et si l'iemschik ne se fût prudemment reculé, un coup de poing, porté suivant toutes les règles de la boxe, lui eût payé son « na vodkou » en pleine figure.

Alcide Jolivet, lui, voyant cette colère, riait à se tordre, et comme il n'avait jamais ri peut-être.

« Mais il a raison, ce pauvre diable ! s'écriait-il. Il est dans son droit, mon cher confrère ! Ce n'est pas sa faute si nous n'avons pas trouvé le moyen de le suivre ! »

Et tirant quelques kopeks de sa poche :

« Tiens, l'ami, dit-il en les remettant à l'iemschik, empoche ! Si tu ne les as pas gagnés, ce n'est pas ta faute ! »

Ceci redoubla l'irritation d'Harry Blount, qui voulait s'en prendre au maître de poste et lui faire un procès.

« Un procès, en Russie ! s'écria Alcide Jolivet. Mais si les choses n'ont pas changé, confrère, vous n'en verriez pas la fin ! Vous ne savez donc pas l'histoire de cette nourrice russe qui réclamait douze mois d'allaitement à la famille de son nourrisson ?

— Je ne la sais pas, répondit Harry Blount.

— Alors, vous ne savez pas non plus ce qu'était devenu ce nourrisson, quand fut rendu le jugement qui lui donnait gain de cause ?

— Et qu'était-il, s'il vous plaît ?

— Colonel des hussards de la garde ! »

Et, sur cette réponse, tous d'éclater de rire.

Quant à Alcide Jolivet, enchanté de sa repartie, il

tira son carnet de sa poche et y inscrivit en souriant cette note, destinée à figurer au dictionnaire
moscovite :

« Télègue, voiture russe à quatre roues, quand elle
part, — et à deux roues, quand elle arrive ! »

CHAPITRE XII

UNE PROVOCATION.

Ekaterinbourg, géographiquement, est une ville d'Asie, car elle est située au delà des monts Ourals, sur les dernières pentes orientales de la chaîne. Néanmoins, elle dépend du gouvernement de Perm, et, par conséquent, elle est comprise dans une des grandes divisions de la Russie d'Europe. Cet empiétement administratif doit avoir sa raison d'être. C'est comme un morceau de la Sibérie qui reste entre les mâchoires russes.

Ni Michel Strogoff ni les deux correspondants ne pouvaient être embarrassés de trouver des moyens de locomotion dans une ville aussi considérable, fondée

11

depuis 1723. A Ekaterinbourg, s'élève le premier
Hôtel des monnaies de tout l'empire; là est concen-
trée la direction générale des mines. Cette ville est
donc un centre industriel important, dans un pays où
abondent les usines métallurgiques et autres exploitations où se lavent le platine et l'or.

A cette époque, la population d'Ekaterinbourg
s'était fort accrue. Russes ou Sibériens, menacés par
l'invasion tartare, y avaient afflué, après avoir fui les
provinces déjà envahies par les hordes de Féofar-
Khan, et principalement le pays kirghis, qui s'étend
dans le sud-ouest de l'Irtyche jusqu'aux frontières du
Turkestan.

Si donc les moyens de locomotion avaient dû être
rares pour atteindre Ekaterinbourg, ils abondaient,
au contraire, pour quitter cette ville. Dans les
conjonctures actuelles, les voyageurs se souciaient
peu, en effet, de s'aventurer sur les routes sibériennes.

De ce concours de circonstances, il résulta qu'Harry
Blount et Alcide Jolivet trouvèrent facilement à remplacer par une télègue complète la fameuse demi-
télègue qui les avait transportés tant bien que mal
à Ekaterinbourg. Quant à Michel Strogoff, le tarentass lui appartenait, il n'avait pas trop souffert du
voyage à travers les monts Ourals, et il suffisait d'y

atteler trois bons chevaux pour l'entraîner rapidement sur la route d'Irkoutsk.

Jusqu'à Tioumen et même jusqu'à Novo-Zaimskoë,
cette route devait être assez accidentée, car elle se
développait encore sur ces capricieuses ondulations
du sol qui donnent naissance aux premières pentes de
l'Oural. Mais, après l'étape de Novo-Zaimskoë, commençait l'immense steppe, qui s'étend jusqu'aux
approches de Krasnoiarsk, sur un espace de dix-
sept cents verstes environ (1,815 kilomètres).

C'était à Ichim, on le sait, que les deux correspondants avaient l'intention de se rendre, c'est-à-dire à
six cent trente verstes d'Ekaterinbourg. Là, ils devaient prendre conseil des événements, puis se diriger à travers les régions envahies, soit ensemble, soit
séparément, suivant que leur instinct de chasseurs
les jetterait sur une piste ou sur une autre.

Or, cette route d'Ekaterinbourg à Ichim — qui se
dirige vers Irkoutsk — était la seule que pût prendre
Michel Strogoff. Seulement, lui qui ne courait pas
après les nouvelles, et qui aurait voulu éviter, au contraire, le pays dévasté par les envahisseurs, il était
bien résolu à ne s'arrêter nulle part.

« Messieurs, dit-il donc à ses nouveaux compagnons, je serai très-satisfait de faire avec vous une
partie de mon voyage, mais je dois vous prévenir que

je suis extrèmement pressé d'arriver à Omsk, car
ma sœur et moi nous y allons rejoindre notre mère.
Qui sait même si nous arriverons avant que les Tartares aient envahi la ville ! Je ne m'arrêterai donc aux
relais que le temps de changer de chevaux, et je
voyagerai jour et nuit !

— Nous comptons bien en agir ainsi, répondit Harry
Blount.

— Soit, reprit Michel Strogoff, mais ne perdez
pas un instant. Louez ou achetez une voiture dont...

— Dont l'arrière-train, ajouta Alcide Jolivet, veuille
bien arriver en même temps que l'avant-train à
Ichim. »

Une demi-heure après, le diligent Français avait
trouvé, facilement d'ailleurs, un tarentass, à peu près
semblable à celui de Michel Strogoff, et dans lequel
son compagnon et lui s'installèrent aussitôt.

Michel Strogoff et Nadia reprirent place dans leur
véhicule, et, à midi, les deux attelages quittèrent de
conserve la ville d'Ekaterinbourg.

Nadia était enfin en Sibérie et sur cette longue route
qui conduit à Irkoutsk ! Quelles devaient être alors
les pensées de la jeune Livonienne ? Trois rapides
chevaux l'emportaient à travers cette terre de l'exil, où
son père était condamné à vivre, longtemps peut-être,
et si loin de son pays natal ! Mais c'était à peine si elle

voyait se dérouler devant ses yeux ces longues steppes, qui, un instant, lui avaient été fermées, car son
regard allait plus loin que l'horizon, derrière lequel
il cherchait le visage de l'exilé ! Elle n'observait rien
du pays qu'elle traversait avec cette vitesse de quinze
verstes à l'heure, rien de ces contrées de la Sibérie
occidentale, si différentes des contrées de l'est. Ici,
en effet, peu de champs cultivés, un sol pauvre, au
moins à sa surface, car, dans ses entrailles, il recèle
abondamment le fer, le cuivre, le platine et l'or. Aussi
partout des exploitations industrielles, mais rarement
des établissements agricoles. Comment trouverait-on
des bras pour cultiver la terre, ensemencer les champs,
récolter les moissons, lorsqu'il est plus productif de
fouiller le sol à coups de mine, à coups de pic ? Ici,
le paysan a fait place au mineur. La pioche est partout, la bêche nulle part.

Cependant, la pensée de Nadia abandonnait quelquefois les lointaines provinces du lac Baïkal, et se
reportait alors à sa situation présente. L'image de son
père s'effaçait un peu, et elle revoyait son généreux
compagnon, tout d'abord sur le chemin de fer de
Wladimir, où quelque providentiel dessein le lui
avait fait rencontrer pour la première fois. Elle se
rappelait ses attentions pendant le voyage, son arrivée à la maison de police de Nijni-Novgorod, la

cordiale simplicité avec laquelle il lui avait parlé en
l'appelant du nom de sœur, son empressement près
d'elle pendant la descente du Volga, enfin tout ce qu'il
avait fait, dans cette terrible nuit d'orage à travers les
monts Ourals, pour défendre sa vie au péril de la
sienne !

Nadia songeait donc à Michel Strogoff. Elle remerciait Dieu d'avoir placé à point sur sa route ce vaillant protecteur, cet ami généreux et discret. Elle se
sentait en sûreté près de lui, sous sa garde. Un vrai
frère n'eût pu mieux faire ! Elle ne redoutait plus
aucun obstacle, elle se croyait maintenant certaine
d'atteindre son but.

Quant à Michel Strogoff, il parlait peu et réfléchissait beaucoup. Il remerciait Dieu de son côté de lui
avoir donné dans cette rencontre de Nadia, en même
temps que le moyen de dissimuler sa véritable indivi-
dualité, une bonne action à faire. L'intrépidité calme
de la jeune fille était pour plaire à son âme vaillante.
Que n'était-elle sa sœur en effet? Il éprouvait autant
de respect que d'affection pour sa belle et héroïque
compagne. Il sentait que c'était là un de ces cœurs
purs et rares sur lesquels on peut compter.

Cependant, depuis qu'il foulait le sol sibérien, les
vrais dangers commençaient pour Michel Strogoff. Si
les deux journalistes ne se trompaient pas, si Ivan

Ogareff avait passé la frontière, il fallait agir avec la plus extrême circonspection. Les circonstances étaient maintenant changées, car les espions tartares devaient fourmiller dans les provinces sibériennes. Son incognito dévoilé, sa qualité de courrier du czar reconnue, c'en était fait de sa mission, de sa vie peut-être ! Michel Strogoff sentit plus lourdement alors le poids de la responsabilité qui pesait sur lui.

Pendant que les choses étaient ainsi dans la première voiture, que se passait-il dans la seconde ? Rien que de fort ordinaire. Alcide Jolivet parlait par phrases, Harry Blount répondait par monosyllabes. Chacun envisageait les choses à sa façon et prenait des notes sur les quelques incidents du voyage, — incidents qui furent d'ailleurs peu variés pendant cette traversée des premières provinces de la Sibérie occidentale.

A chaque relais, les deux correspondants descendaient et se retrouvaient avec Michel Strogoff. Lorsqu'aucun repas ne devait être pris dans la maison de poste, Nadia ne quittait pas le tarentass. Lorsqu'il fallait déjeuner ou dîner, elle venait s'asseoir à table ; mais, toujours très-réservée, elle ne se mêlait que fort peu à la conversation.

Alcide Jolivet, sans jamais sortir d'ailleurs des bornes d'une parfaite convenance, ne laissait pas d'être empressé près de la jeune Livonienne, qu'il trouvait charmante. Il admirait l'énergie silencieuse qu'elle montrait au milieu des fatigues d'un voyage fait dans de si dures conditions.

Ces temps d'arrêt forcés ne plaisaient que médiocrement à Michel Strogoff. Aussi pressait-il le départ à chaque relais, excitant les maîtres de poste, stimulant les iemschiks, hâtant l'attellement des tarentass. Puis, le repas rapidement terminé, — trop rapidement toujours au gré d'Harry Blount, qui était un mangeur méthodique, — on partait, et les journalistes, eux aussi, étaient menés comme des aigles, car ils payaient princièrement, et, ainsi que disait Alcide Jolivet, « en aigles de Russie (1) ».

Il va sans dire qu'Harry Blount ne faisait aucuns frais vis-à-vis de la jeune fille. C'était un des rares sujets de conversation sur lesquels il ne cherchait pas à discuter avec son compagnon. Cet honorable gentleman n'avait pas pour habitude de faire deux choses à la fois.

Et Alcide Jolivet lui ayant demandé, une fois, quel pouvait être l'âge de la jeune Livonienne :

« Quelle jeune Livonienne? répondit-il le plus sérieusement du monde, en fermant à demi les yeux.

_____

(1) Monnaie d'or russe qui vaut 5 roubles. Le rouble est une monnaie d'argent qui vaut 100 kopeks, soit 3 fr. 92.

— Eh parbleu ! la sœur de Nicolas Korpanoff !

— C'est sa sœur ?

— Non, sa grand'mère ! répliqua Alcide Jolivet, démonté par tant d'indifférence. — Quel âge lui donnez-vous ?

— Si je l'avais vue naître, je le saurais ! » répondit simplement Harry Blount, en homme qui ne voulait pas s'engager.

Le pays alors parcouru par les deux tarentass était presque désert. Le temps était assez beau, le ciel couvert à demi, la température plus supportable. Avec des véhicules mieux suspendus, les voyageurs n'auraient pas eu à se plaindre du voyage. Ils allaient comme vont les berlines de poste en Russie, c'est-à-dire avec une vitesse merveilleuse.

Mais si le pays semblait abandonné, cet abandon tenait aux circonstances actuelles. Dans les champs, peu ou pas de ces paysans sibériens, à figure pâle et grave, qu'une célèbre voyageuse a justement comparés aux Castillans, moins la morgue. Çà et là, quelques villages déjà évacués, ce qui indiquait l'approche des troupes tartares. Les habitants, emmenant leurs troupeaux de moutons, leurs chameaux, leurs chevaux, s'étaient réfugiés dans les plaines du nord. Quelques tribus de la grande horde des Kirghis nomades, restées fidèles, avaient aussi transporté leurs tentes au delà de

11.

l'Irtyche ou de l'Obi, pour échapper aux déprédations des envahisseurs.

Fort heureusement, le service de la poste se faisait toujours régulièrement. De même, le service du télégraphe, jusqu'aux points que raccordait encore le fil. A chaque relais, les maîtres de poste fournissaient les chevaux dans les conditions réglementaires. A chaque station aussi, les employés, assis à leur guichet, transmettaient les dépêches qui leur étaient confiées, ne les retardant que pour les télégrammes de l'État. Aussi Harry Blount et Alcide Jolivet en usaient-ils largement.

Ainsi donc, jusqu'ici, le voyage de Michel Strogoff s'accomplissait dans des conditions satisfaisantes. Le courrier du czar n'avait éprouvé aucun retard, et, s'il parvenait à tourner la pointe faite en avant de Krasnoiarsk par les Tartares de Féofar-Khan, il était certain d'arriver avant eux à Irkoutsk et dans le minimum de temps obtenu jusqu'alors.

Le lendemain du jour où les deux tarentass avaient quitté Ekaterinbourg, ils atteignaient la petite ville de Toulouguisk, à sept heures du matin, après avoir franchi une distance de deux cent vingt verstes, sans incident digne d'être relaté.

Là, une demi-heure fut consacrée au déjeuner. Cela fait, les voyageurs repartirent avec une vitesse que la promesse d'un certain nombre de kopeks rendait seule explicable.

Le même jour, 22 juillet, à une heure du soir, les deux tarentass arrivaient, soixante verstes plus loin, à Tioumen.

Tioumen, dont la population normale est de dix mille habitants, en comptait alors le double. Cette ville, premier centre industriel que les Russes créèrent en Sibérie, dont on remarque les belles usines métallurgiques et la fonderie de cloches, n'avait jamais présenté une telle animation.

Les deux correspondants allèrent aussitôt aux nouvelles. Celles que les fugitifs sibériens apportaient du théâtre de la guerre n'étaient pas rassurantes.

On disait, entre autres choses, que l'armée de Féofar-Khan s'approchait rapidement de la vallée de l'Ichim, et l'on confirmait que le chef tartare allait être bientôt rejoint par le colonel Ivan Ogareff, s'il ne l'était déjà. D'où cette conclusion naturelle que les opérations seraient alors poussées dans l'est de la Sibérie avec la plus grande activité.

Quant aux troupes russes, il avait fallu les appeler principalement des provinces européennes de la Russie, et, étant encore assez éloignées, elles ne pouvaient s'opposer à l'invasion. Cependant, les Cosaques du gouvernement de Tobolsk se dirigeaient à marche forcée sur Tomsk, dans l'espoir de couper les colonnes tartares.

A huit heures du soir, soixante-quinze verstes de plus avaient été dévorées par les deux tarentass, et ils arrivaient à Yaloutorowsk.

On relaya rapidement, et, au sortir de la ville, la rivière Tobol fut passée dans un bac. Son cours, très-paisible, rendit facile cette opération, qui devait se renouveler plus d'une fois sur le parcours, et probablement dans des conditions moins favorables.

A minuit, cinquante-cinq verstes au delà (58 kilomètres et demi), le bourg de Novo-Saïmsk était atteint, et les voyageurs laissaient enfin derrière eux ce sol légèrement accidenté par des coteaux couverts d'arbres, dernières racines de montagnes de l'Oural.

Ici commençait véritablement ce qu'on appelle la steppe sibérienne, qui se prolonge jusqu'aux environs de Krasnoïarsk. C'était la plaine sans limites, une sorte de vaste désert herbeux, à la circonférence duquel venaient se confondre la terre et le ciel sur une courbe qu'on eût dit nettement tracée au compas. Cette steppe ne présentait aux regards d'autre saillie que le profil des poteaux télégraphiques disposés sur chaque côté de la route, et dont les fils vibraient sous la brise comme des cordes de harpe. La route elle-même ne se distinguait du reste de la plaine que par la fine poussière qui s'enlevait sous la roue des tarentass. Sans ce ruban blanchâtre, qui se déroulait à perte de vue, on eût pu se croire au désert.

Michel Strogoff et ses compagnons se lancèrent avec une vitesse plus grande encore à travers la steppe. Les chevaux, excités par l'iemschik et qu'aucun obstacle ne pouvait retarder, dévoraient l'espace. Les tarentass couraient directement sur Ichim, là où les deux correspondants devaient s'arrêter, si aucun événement ne venait modifier leur itinéraire.

Deux cents verstes environ séparent Novo-Saïmsk de la ville d'Ichim, et le lendemain, avant huit heures du soir, elles devaient et pouvaient être franchies, à la condition de ne pas perdre un instant. Dans la pensée des iemschiks, si les voyageurs n'étaient pas de grands seigneurs ou de hauts fonctionnaires, ils étaient dignes de l'être, ne fût-ce que par leur générosité dans le règlement des pourboires.

Le lendemain, 23 juillet, en effet, les deux tarentass n'étaient plus qu'à trente verstes d'Ichim.

En ce moment, Michel Strogoff aperçut sur la route, et à peine visible au milieu des volutes de poussière, une voiture qui précédait la sienne. Comme ses chevaux, moins fatigués, couraient avec une rapidité plus grande, il ne devait pas tarder à l'atteindre.

Ce n'était ni un tarentass, ni une télègue, mais une berline de poste, toute poudreuse, et qui devait avoir déjà fait un long voyage. Le postillon frappait son attelage à tour de bras et ne le maintenait au galop qu'à force d'injures et de coups. Cette berline n'était certainement pas passée par Novo-Saimsk, et elle n'avait dû rejoindre la route d'Irkoutsk que par quelque route perdue de la steppe.

Michel Strogoff et ses compagnons, en voyant cette berline qui courait sur Ichim, n'eurent qu'une même pensée, la devancer et arriver avant elle au relais, afin de s'assurer avant tout des chevaux disponibles. Ils dirent donc un mot à leurs iemschiks, qui se trouvèrent bientôt en ligne avec l'attelage surmené de la berline.

Ce fut Michel Strogoff qui arriva le premier.

A ce moment, une tête parut à la portière de la berline.

Michel Strogoff eut à peine le temps de l'observer. Cependant, si vite qu'il passât, il entendit très-distinctement ce mot, prononcé d'une voix impérieuse, qui lui fut adressé :

« Arrêtez ! »

On ne s'arrêta pas. Au contraire, et la berline fut bientôt devancée par les deux tarentass.

Ce fut alors une course de vitesse, car l'attelage de

la berline, excité sans doute par la présence et l'allure des chevaux qui le dépassaient, retrouva des forces pour se maintenir pendant-quelques minutes. Les trois voitures avaient disparu dans un nuage de poussière. De ces nuages blanchâtres s'échappaient, comme une pétarade, des claquements de fouet, mêlés de cris d'excitation et d'interjections de colère.

Néanmoins, l'avantage resta à Michel Strogoff et à ses compagnons, — avantage qui pouvait être très-important, si le relais était peu fourni de chevaux. Deux voitures à atteler, c'était peut-être plus que ne pourrait faire le maître de poste, du moins dans un court délai.

Une demi-heure après, la berline, restée en arrière, n'était plus qu'un point à peine visible à l'horizon de la steppe.

Il était huit heures du soir, lorsque les deux tarentass arrivèrent au relais de poste, à l'entrée d'Ichim.

Les nouvelles de l'invasion étaient de plus en plus mauvaises. La ville était directement menacée par l'avant-garde des colonnes tartares, et, depuis deux jours, les autorités avaient dû se replier sur Tobolsk. Ichim n'avait plus ni un fonctionnaire ni un soldat.

Michel Strogoff, arrivé au relais, demanda immédiatement des chevaux pour lui.

Il avait été bien avisé de devancer la berline. Trois

chevaux seulement étaient en état d'être immédiatement attelés. Les autres rentraient fatigués de quelque longue étape.

Le maître de poste donna l'ordre d'atteler.

Quant aux deux correspondants, auxquels il parut bon de s'arrêter à Ichim, ils n'avaient pas à se préoccuper d'un moyen de transport immédiat, et ils firent remiser leur voiture.

Dix minutes après son arrivée au relais, Michel Strogoff fut prévenu que son tarentass était prêt à partir.

« Bien, » répondit-il.

Puis, allant aux deux journalistes :

« Maintenant, messieurs, puisque vous restez à Ichim, le moment est venu de nous séparer.

— Quoi, monsieur Korpanoff, dit Alcide Jolivet, ne resterez-vous pas même une heure à Ichim?

— Non, monsieur, et je désire même avoir quitté la maison de poste avant l'arrivée de cette berline que nous avons devancée.

— Craignez-vous donc que ce voyageur ne cherche à vous disputer les chevaux du relais?

— Je tiens surtout à éviter toute difficulté.

— Alors, monsieur Korpanoff, dit Alcide Jolivet, il ne nous reste plus qu'à vous remercier encore une fois du service que vous nous avez rendu et du plaisir que nous avons eu à voyager en votre compagnie

— Il est possible, d'ailleurs, que nous nous retrouvions dans quelques jours à Omsk, ajouta Harry Blount.

— C'est possible, en effet, répondit Michel Strogoff, puisque j'y vais directement.

— Eh bien! bon voyage, monsieur Korpanoff, dit alors Alcide Jolivet, et Dieu vous garde des télègues. »

Les deux correspondants tendaient la main à Michel Strogoff avec l'intention de la lui serrer le plus cordialement possible, lorsque le bruit d'une voiture se fit entendre au dehors.

Presque aussitôt, la porte de la maison de poste s'ouvrit brusquement, et un homme parut.

C'était le voyageur de la berline, un individu à tournure militaire, âgé d'une quarantaine d'années, grand, robuste, tête forte, épaules larges, épaisses moustaches se raccordant avec ses favoris roux. Il portait un uniforme sans insignes. Un sabre de cavalerie traînait à sa ceinture, et il tenait à la main un fouet à manche court.

« Des chevaux, demanda-t-il avec l'air impérieux d'un homme habitué à commander.

— Je n'ai plus de chevaux disponibles, répondit le maître de poste, en s'inclinant.

— Il m'en faut à l'instant.

— C'est impossible.

— Quels sont donc ces chevaux qui viennent d'être attelés au tarentass que j'ai vu à la porte du relais ?

. — Ils appartiennent à ce voyageur, répondit le maître de poste en montrant Michel Strogoff.

— Qu'on les dételle!... » dit le voyageur d'un ton qui n'admettait pas de réplique.

Michel Strogoff s'avança alors.

« Ces chevaux sont retenus par moi, dit-il.

— Peu m'importe! Il me les faut. Allons! Vivement! Je n'ai pas de temps à perdre!

— Je n'ai pas de temps à perdre non plus, » répondit Michel Strogoff, qui voulait être calme et se contenait non sans peine.

Nadia était près de lui, calme aussi, mais secrètement inquiète d'une scène qu'il eût mieux valu éviter.

« Assez! » répéta le voyageur.

Puis, allant au maître de poste :

« Qu'on dételle ce tarentass, s'écria-t-il avec un geste de menace, et que les chevaux soient mis à ma berline! »

Le maître de poste, très-embarrassé, ne savait à qui obéir, et il regardait Michel Strogoff, dont c'était évidemment le droit de résister aux injustes exigences du voyageur.

Michel Strogoff hésita un instant. Il ne voulait pas faire usage de son podaroshna, qui eût attiré l'attention sur lui, il ne voulait pas non plus, en cédant les chevaux, retarder son voyage, et, cependant, il ne voulait pas engager une lutte qui eût pu compromettre sa mission.

Les deux journalistes le regardaient, prêts d'ailleurs à le soutenir, s'il faisait appel à eux.

« Mes chevaux resteront à ma voiture, » dit Michel Strogoff, mais sans élever le ton plus qu'il ne convenait à un simple marchand d'Irkoutsk.

Le voyageur s'avança alors vers Michel Strogoff, et lui posant rudement la main sur l'épaule :

« C'est comme cela ! dit-il d'une voix éclatante. Tu ne veux pas me céder tes chevaux ?

— Non, répondit Michel Strogoff.

— Eh bien, ils seront à celui de nous deux qui va pouvoir repartir ! Défends-toi, car je ne te ménagerai pas ! »

Et, en parlant ainsi, le voyageur tira vivement son sabre du fourreau et se mit en garde.

Nadia s'était jetée devant Michel Strogoff.

Harry Blount et Alcide Jolivet s'avancèrent vers lui.

« Je ne me battrai pas, dit simplement Michel Strogoff, qui, pour mieux se contenir, croisa ses bras sur sa poitrine.

— Tu ne te battras pas ?

— Non.

— Même après ceci? » s'écria le voyageur.

Et, avant qu'on eût pu le retenir, le manche de son fouet frappa l'épaule de Michel Strogoff.

A cette insulte, Michel Strogoff pâlit affreusement. Ses mains se levèrent toutes ouvertes, comme si elles allaient broyer ce brutal personnage. Mais, par un suprême effort, il parvint à se maîtriser. Un duel, c'était plus qu'un retard, c'était peut-être sa mission manquée!... Mieux valait perdre quelques heures!... Oui! mais dévorer cet affront!

« Te battras-tu, maintenant, lâche? répéta le voyageur, en ajoutant la grossièreté à la brutalité.

— Non! répondit Michel Strogoff, qui ne bougea pas, mais qui regarda le voyageur les yeux dans les yeux.

— Les chevaux, et à l'instant! » dit alors celui-ci.

Et il sortit de la salle.

Le maître de poste le suivit aussitôt, non sans avoir haussé les épaules, après avoir examiné Michel Strogoff d'un air peu approbateur.

L'effet produit sur les journalistes par cet incident ne pouvait pas être à l'avantage de Michel Strogoff. Leur déconvenue était visible. Ce robuste jeune homme se laisser frapper ainsi et ne pas demander raison d'une pareille insulte! Ils se contentèrent donc de le saluer et se retirèrent, Alcide Jolivet disant à Harry Blount:

« Je n'aurais pas cru cela d'un homme qui découd

si proprement les ours de l'Oural ! Serait-il donc vrai que le courage a ses heures et ses formes ? C'est à n'y rien comprendre ! Après cela, il nous manque peut-être, à nous autres, d'avoir jamais été serfs ! »

Un instant après, un bruit de roues et le claquement d'un fouet indiquaient que la berline, attelée des chevaux du tarentass, quittait rapidement la maison de poste.

Nadia, impassible, Michel Strogoff, encore frémissant, restèrent seuls dans la salle du relais.

Le courrier du czar, les bras toujours croisés sur sa poitrine, s'était assis. On eût dit une statue. Toutefois, une rougeur, qui ne devait pas être la rougeur de la honte, avait remplacé la pâleur sur son mâle visage.

Nadia ne doutait pas que de formidables raisons eussent pu seules faire dévorer à un tel homme une telle humiliation.

Donc, allant à lui, comme il était venu à elle à la maison de police de Nijni-Novgorod :

« Ta main, frère ! » dit-elle.

Et, en même temps, son doigt, par un geste quasi-maternel, essuya une larme qui allait jaillir de l'œil de son compagnon.

CHAPITRE XIII

AU-DESSUS DE TOUT, LE DEVOIR.

Nadia avait deviné qu'un mobile secret dirigeait tous les actes de Michel Strogoff, que celui-ci, pour quelque raison inconnue d'elle, ne s'appartenait pas, qu'il n'avait pas le droit de disposer de sa personne, et que, dans cette circonstance, il venait d'immoler héroïquement au devoir jusqu'au ressentiment d'une mortelle injure.

Nadia ne demanda, d'ailleurs, aucune explication à Michel Strogoff. La main qu'elle lui avait tendue ne répondait-elle pas d'avance à tout ce qu'il eût pu lui dire ?

Michel Strogoff demeura muet pendant toute cette

soirée. Le maître de poste ne pouvant plus fournir de chevaux frais que le lendemain matin, c'était une nuit entière à passer au relais. Nadia dut donc en profiter pour prendre quelque repos, et une chambre fut préparée pour elle.

La jeune fille eût préféré, sans doute, ne pas quitter son compagnon, mais elle sentait qu'il avait besoin d'être seul, et elle se disposa à gagner la chambre qui lui était destinée.

Cependant, au moment où elle allait se retirer, elle ne put s'empêcher de lui dire adieu.

« Frère,... » murmura-t-elle.

Mais Michel Strogoff, d'un geste, l'arrêta. Un soupir gonfla la poitrine de la jeune fille, et elle quitta la salle.

Michel Strogoff ne se coucha pas. Il n'aurait pu dormir, même une heure. A cette place que le fouet du brutal voyageur avait touchée, il ressentait comme une brûlure.

« Pour la patrie et pour le Père! » murmura-t-il enfin en terminant sa prière du soir.

Toutefois, il éprouva alors un insurmontable besoin de savoir quel était cet homme qui l'avait frappé, d'où il venait, où il allait. Quant à sa figure, les traits en étaient si bien gravés dans sa mémoire, qu'il ne pouvait craindre de les oublier jamais.

Michel Strogoff fit demander le maître de poste.

Celui-ci, un Sibérien de vieille roche, vint aussitôt, et, regardant le jeune homme d'un peu haut, il attendit d'être interrogé.

« Tu es du pays? lui demanda Michel Strogoff.

— Oui.

— Connais-tu cet homme qui a pris mes chevaux?

— Non.

— Tu ne l'as jamais vu?

— Jamais !

— Qui crois-tu que soit cet homme?

— Un seigneur qui sait se faire obéir ! »

Le regard de Michel Strogoff entra comme un poignard dans le cœur du Sibérien, mais la paupière du maître de poste ne se baissa pas.

« Tu te permets de me juger ! s'écria Michel Strogoff.

— Oui, répondit le Sibérien, car il est des choses qu'un simple marchand lui-même ne reçoit pas sans les rendre !

— Les coups de fouet?

— Les coups de fouet, jeune homme ! Je suis d'âge et de force à te le dire ! »

Michel Strogoff s'approcha du maître de poste et lui posa ses deux puissantes mains sur les épaules.

Puis, d'une voix singulièrement calme :

« Va-t'en, mon ami, lui dit-il, va-t'en ! Je te tuerais ! »

Le maître de poste, cette fois, avait compris.

« Je l'aime mieux comme ça, » murmura-t-il.

Et il se retira sans ajouter un mot.

Le lendemain, 24 juillet, à huit heures du matin, le tarentass était attelé de trois vigoureux chevaux. Michel Strogoff et Nadia y prirent place, et Ichim, dont tous les deux devaient garder un si terrible souvenir, eut bientôt disparu derrière un coude de la route.

Aux divers relais où il s'arrêta pendant cette journée, Michel Strogoff put constater que la berline le précédait toujours sur la route d'Irkoutsk, et que le voyageur, aussi pressé que lui, ne perdait pas un instant en traversant la steppe.

A quatre heures du soir, soixante-quinze verstes plus loin, à la station d'Abatskaïa, la rivière d'Ichim, l'un des principaux affluents de l'Irtyche, dut être franchie.

Ce passage fut un peu plus difficile que celui du Tobol. En effet, le courant de l'Ichim était assez rapide en cet endroit. Pendant l'hiver sibérien, tous ces cours d'eau de la steppe, gelés sur une épaisseur de plusieurs pieds, sont aisément praticables, et le voyageur les traverse même sans s'en apercevoir, car leur lit a disparu sous l'immense nappe blanche qui recouvre uniformément la steppe, mais,

12

en été, les difficultés peuvent être grandes à les franchir.

En effet, deux heures furent employées au passage de l'Ichim, — ce qui exaspéra Michel Strogoff, d'autant plus que les bateliers lui donnèrent d'inquiétantes nouvelles de l'invasion tartare.

Voici ce qui se disait :

Quelques éclaireurs de Féofar-Khan auraient déjà paru sur les deux rives de l'Ichim inférieur, dans les contrées méridionales du gouvernement de Tobolsk. Omsk était très-menacé. On parlait d'un engagement qui avait eu lieu entre les troupes sibériennes et tartares sur la frontière des grandes hordes kirghises, — engagement qui n'avait pas été à l'avantage des Russes, trop faibles sur ce point. De là, repliement de ces troupes, et, par suite, émigration générale des paysans de la province. On racontait d'horribles atrocités commises par les envahisseurs, pillage, vol, incendie, meurtres. C'était le système de la guerre à la tartare. On fuyait donc de tous côtés l'avant-garde de Féofar-Khan. Aussi, devant ce dépeuplement des bourgs et des hameaux, la plus grande crainte de Michel Strogoff était-elle que les moyens de transport ne vinssent à lui manquer. Il avait donc une hâte extrême d'arriver à Omsk. Peut-être, au sortir de cette ville, pourrait-il prendre l'avance sur les éclaireurs tartares qui descendaient la vallée de l'Irtych, et retrouver la route libre jusqu'à Irkoutsk.

C'est à cet endroit même, où le tarentass venait de franchir le fleuve, que se termine ce qu'on appelle en langage militaire la « chaîne d'Ichim », chaîne de tours ou de fortins en bois, qui s'étend depuis la frontière sud de la Sibérie sur un espace de quatre cents verstes environ (427 kilomètres). Autrefois, ces fortins étaient occupés par des détachements de Cosaques, et ils protégeaient la contrée aussi bien contre les Kirghis que contre les Tartares. Mais, abandonnés, depuis que le gouvernement moscovite croyait ces hordes réduites à une soumission absolue, ils ne pouvaient plus servir, précisément alors qu'ils auraient été si utiles. La plupart de ces fortins venaient d'être réduits en cendres, et quelques fumées que les bateliers montrèrent à Michel Strogoff, tourbillonnant au-dessus de l'horizon méridional, témoignaient de l'approche de l'avant-garde tartare.

Dès que le bac eut déposé le tarentass et son attelage sur la rive droite de l'Ichim, la route de la steppe fut reprise à toute vitesse.

Il était sept heures du soir. Le temps était très-couvert. Aussi, à plusieurs reprises, tomba-t-il une pluie d'orage, qui eut pour résultat d'abattre la poussière et de rendre les chemins meilleurs.

Michel Strogoff, depuis le relais d'Ichim, était demeuré taciturne. Cependant il était toujours attentif à préserver Nadia des fatigues de cette course sans trêve ni repos, mais la jeune fille ne se plaignait pas. Elle eût voulu donner des ailes aux chevaux du tarentass. Quelque chose lui criait que son compagnon avait plus de hâte encore qu'elle-même d'arriver à Irkoutsk, et combien de verstes les en séparaient encore!

Il lui vint aussi à la pensée que si Omsk était envahie par les Tartares, la mère de Michel Strogoff, qui habitait cette ville, courrait des dangers dont son fils devait extrêmement s'inquiéter, et que cela suffisait à expliquer son impatience d'arriver près d'elle.

Nadia crut donc, à un certain moment, devoir lui parler de la vieille Marfa, de l'isolement où elle pourrait se trouver au milieu de ces graves événements.

« Tu n'as reçu aucune nouvelle de ta mère depuis le début de l'invasion? lui demanda-t-elle.

— Aucune, Nadia. La dernière lettre que ma mère m'a écrite date déjà de deux mois, mais elle m'apportait de bonnes nouvelles. Marfa est une femme énergique, une vaillante Sibérienne. Malgré son âge, elle a conservé toute sa force morale. Elle sait souffrir.

— J'irai la voir, frère, dit Nadia vivement. Puisque tu me donnes ce nom de sœur, je suis la fille de Marfa! »

Et, comme Michel Strogoff ne répondait pas :

« Peut-être, ajouta-t-elle, ta mère a-t-elle pu quitter Omsk ?

— Cela est possible, Nadia, répondit Michel Strogoff, et même j'espère qu'elle aura gagné Tobolsk. La vieille Marfa a la haine du Tartare. Elle connaît la steppe, elle n'a pas peur, et je souhaite qu'elle ait pris son bâton et redescendu les rives de l'Irtyche. Il n'y a pas un endroit de la province qui ne soit connu d'elle. Combien de fois a-t-elle parcouru tout le pays avec le vieux père, et combien de fois, moi-même enfant, les ai-je suivis dans leurs courses à travers le désert sibérien ! Oui, Nadia, j'espère que ma mère aura quitté Omsk !

— Et quand la verras-tu ?

— Je la verrai... au retour.

— Cependant, si ta mère est à Omsk, tu prendras bien une heure pour aller l'embrasser ?

— Je n'irai pas l'embrasser !

— Tu ne la verras pas ?

— Non, Nadia...! répondit Michel Strogoff, dont la poitrine se gonflait et qui comprenait qu'il ne pourrait continuer de répondre aux questions de la jeune fille.

— Tu dis : non ! Ah ! frère, pour quelles raisons, si ta mère est à Omsk, peux-tu refuser de la voir ?

— Pour quelles raisons, Nadia ! Tu me demandes

12.

pour quelles raisons! s'écria Michel Strogoff d'une voix
si profondément altérée que la jeune fille en tressaillit. Mais pour les raisons qui m'ont fait patient
jusqu'à la lâcheté avec le misérable dont... »

Il ne put achever sa phrase.

« Calme-toi, frère, dit Nadia de sa voix la plus
douce. Je ne sais qu'une chose, ou plutôt je ne la sais
pas, je la sens! C'est qu'un sentiment domine maintenant toute ta conduite : celui d'un devoir plus sacré,
s'il en peut être un, que celui qui lie le fils à la
mère! »

Nadia se tut, et, de ce moment, elle évita tout sujet
de conversation qui pût se rapporter à la situation particulière de Michel Strogoff. Il y avait là quelque
secret à respecter. Elle le respecta.

Le lendemain, 25 juillet, à trois heures du matin,
le tarentass arrivait au relais de poste de Tioukalinsk,
après avoir franchi une distance de cent vingt verstes
depuis le passage de l'Ichim.

On relaya rapidement. Cependant, et pour la première fois, l'iemschik fit quelques difficultés pour
partir, affirmant que des détachements tartares battaient la steppe, et que voyageurs, chevaux et voitures
seraient de bonne prise pour ces pillards.

Michel Strogoff ne triompha du mauvais vouloir de
l'iemschik qu'à prix d'argent, car, en cette circonstance

comme en plusieurs autres, il ne voulut pas faire
usage de son podaroshna. Le dernier ukase, transmis par le fil télégraphique, était connu dans les
provinces sibériennes, et un Russe, par cela même
qu'il était spécialement dispensé d'obéir à ses pres-
criptions, se fût certainement signalé à l'attention
publique, — ce que le courrier du czar devait par-
dessus tout éviter. Quant aux hésitations de l'iemschik,
peut-être le drôle spéculait-il sur l'impatience du voyageur? Peut-être aussi avait-il réellement raison de
craindre quelque mauvaise aventure?

Enfin, le tarentass partit, et fit si bien diligence qu'à
trois heures du soir, quatre-vingts verstes plus loin,
il atteignait Koulatsinskoë. Puis, une heure après, il
se trouvait sur les bords de l'Irtyche. Omsk n'était
plus qu'à une vingtaine de verstes.

C'est un large fleuve que l'Irtyche, et l'une des prin-
cipales artères sibériennes qui roulent leurs eaux vers
le nord de l'Asie. Né sur les monts Altaï, il se dirige
obliquement du sud-est au nord-ouest et va se jeter
dans l'Obi, après un parcours de près de sept mille
verstes.

A cette époque de l'année, qui est celle de la crue
des rivières de tout le bassin sibérien, le niveau des
eaux de l'Irtyche était excessivement élevé. Par suite,
le courant, violemment établi, presque torrentiel, ren-

dait assez difficile le passage du fleuve. Un nageur, si
bon qu'il fût, n'aurait pu le franchir, et, même au
moyen d'un bac, cette traversée de l'Irtyche n'était pas
sans offrir quelque danger.

Mais ces dangers, comme tous autres, ne pouvaient
arrêter, même un instant, Michel Strogoff et Nadia,
décidés à les braver, quels qu'ils fussent.

Cependant, Michel Strogoff proposa à sa jeune
compagne d'opérer d'abord lui-même le passage du
fleuve, en s'embarquant dans le bac chargé du tarentass et de l'attelage, car il craignait que le poids de ce
chargement ne rendît le bac moins sûr. Après avoir
déposé chevaux et voiture sur l'autre rive, il reviendrait prendre Nadia.

Nadia refusa. C'eût été un retard d'une heure, et
elle ne voulait pas, pour sa seule sûreté, être la cause
d'un retard.

L'embarquement se fit non sans peine, car les berges
étaient en partie inondées, et le bac ne pouvait pas
les accoster d'assez près.

Toutefois, après une demi-heure d'efforts, le batelier eut installé dans le bac le tarentass et les trois
chevaux. Michel Strogoff, Nadia et l'iemschik s'y embarquèrent alors, et l'on déborda.

Pendant les premières minutes, tout alla bien. Le
courant de l'Irtyche, brisé en amont par une longue

pointe de la rive, formait un remous que le bac traversa facilement. Les deux bateliers poussaient avec de longues gaffes qu'ils maniaient très-adroitement ; mais, à mesure qu'ils gagnaient le large, le fond du lit du fleuve s'abaissant, il ne leur resta bientôt presque plus de bout pour y appuyer leur épaule. L'extrémité des gaffes ne dépassait pas d'un pied la surface des eaux, — ce qui en rendait l'emploi pénible et insuffisant.

Michel Strogoff et Nadia, assis à l'arrière du bac, et toujours portés à craindre quelque retard, observaient avec une certaine inquiétude la manœuvre des bateliers.

« Attention ! » cria l'un d'eux à son camarade.

Ce cri était motivé par la nouvelle direction que venait de prendre le bac avec une extrême vitesse. Il subissait alors l'action directe du courant et descendait rapidement le fleuve. Il s'agissait donc, en employant utilement les gaffes, de le mettre en situation de biaiser avec le fil des eaux. C'est pourquoi, en appuyant le bout de leurs gaffes dans une suite d'entailles ménagées au-dessous du plat-bord, les bateliers parvinrent-ils à faire obliquer le bac, et il gagna peu à peu vers la rive droite.

On pouvait certainement calculer qu'il l'atteindrait à cinq ou six verstes en aval du point d'embarquement, mais il n'importait après tout, si bêtes et gens débarquaient sans accident.

Les deux bateliers, hommes vigoureux, stimulés en outre par la promesse d'un haut péage, ne doutaient pas d'ailleurs de mener à bien cette difficile traversée de l'Irtyche.

Mais ils comptaient sans un incident qu'ils étaient impuissants à prévenir, et ni leur zèle ni leur habileté n'auraient rien pu faire en cette circonstance.

Le bac se trouvait engagé dans le milieu du courant, à égale distance environ des deux rives, et il descendait avec une vitesse de deux verstes à l'heure, lorsque Michel Strogoff, se levant, regarda attentivement en amont du fleuve.

Il aperçut alors plusieurs barques que le courant emportait avec une grande rapidité, car à l'action de l'eau se joignait celle des avirons dont elles étaient armées.

La figure de Michel Strogoff se contracta tout à coup, et une exclamation lui échappa.

« Qu'y a-t-il ? » demanda la jeune fille.

Mais avant que Michel Strogoff eût eu le temps de lui répondre, un des bateliers s'écriait avec l'accent de l'épouvante :

« Les Tartares ! les Tartares ! »

C'étaient, en effet, des barques, chargées de soldats,

qui descendaient rapidement l'Irtyche, et, avant quelques minutes, elles devaient avoir atteint le bac, trop pesamment encombré pour fuir devant elles.

Les bateliers, terrifiés par cette apparition, poussèrent des cris de désespoir et abandonnèrent leurs gaffes.

« Du courage, mes amis! s'écria Michel Strogoff, du courage! Cinquante roubles pour vous si nous atteignons la rive droite avant l'arrivée de ces barques! »

Les bateliers, ranimés par ces paroles, reprirent la manœuvre et continuèrent à biaiser avec le courant, mais il fut bientôt évident qu'ils ne pourraient éviter l'abordage des Tartares.

Ceux-ci passeraient-ils sans les inquiéter? c'était peu probable! On devait tout craindre, au contraire, de ces pillards!

« N'aie pas peur, Nadia, dit Michel Strogoff, mais sois prête à tout!

— Je suis prête, répondit Nadia.

— Même à te jeter dans le fleuve, quand je te le dirai?

— Quand tu me le diras.

— Aie confiance en moi, Nadia.

— J'ai confiance! »

Les barques tartares n'étaient plus qu'à une distance de cent pieds. Elles portaient un détachement

do soldats boukhariens, qui allaient tenter une recon-
naissance sur Omsk.

Le bac se trouvait encore à deux longueurs de la
rive. Les bateliers redoublèrent d'efforts. Michel
Strogoff se joignit à eux et saisit une gaffe, qu'il
manœuvra avec une force surhumaine. S'il pouvait
débarquer le tarentass et l'enlever au galop de l'attelage, il avait quelques chances d'échapper à ces Tartares, qui n'étaient pas montés.

Mais tant d'efforts devaient être inutiles !

« Saryn na kitchou ! » crièrent les soldats de la première barque.

Michel Strogoff reconnut ce cri de guerre des pirates
tartares, auquel on ne devait répondre qu'en se cou-
chant à plat ventre.

Et comme ni les bateliers ni lui n'obéirent à cette
injonction, une violente décharge eut lieu, et deux
des chevaux furent atteints mortellement.

En ce moment, un choc se produisit... Les barques
avaient abordé le bac par le travers.

« Viens, Nadia ! » s'écria Michel Strogoff, prêt à se
jeter par-dessus le bord.

La jeune fille allait le suivre, quand Michel Strogoff,
frappé d'un coup de lance, fut précipité dans le fleuve.
Le courant l'entraîna, sa main s'agita un instant
au-dessus des eaux, et il disparut.

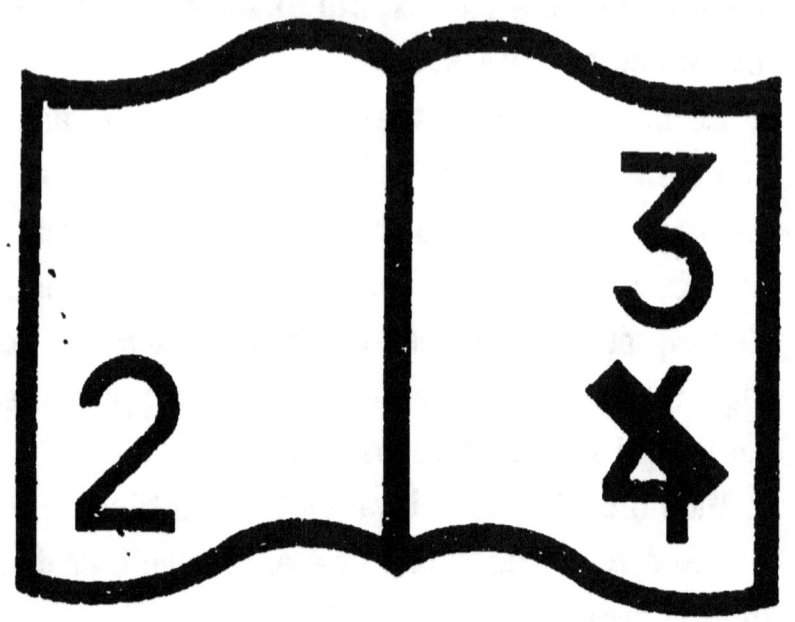

LIRE PAGE (S) 216
AU LIEU DE PAGE (S) 210

Nadia avait poussé un cri, mais, avant qu'elle eût le temps de se jeter à la suite de Michel Strogoff, elle était saisie, enlevée, et déposée dans une des barques.

Un instant après, les bateliers avaient été tués à coups de lance, et le bac dérivait à l'aventure, pendant que les Tartares continuaient à descendre le cours de l'Irtyche.

CHAPITRE XIV

MÈRE ET FILS.

Omsk est la capitale officielle de la Sibérie occidentale. Ce n'est pas la ville la plus importante du gouvernement de ce nom, puisque Tomsk est plus peuplée et plus considérable, mais c'est à Omsk que réside le gouverneur général de cette première moitié de la Russie asiatique.

Omsk, à proprement parler, se compose de deux villes distinctes, l'une qui est uniquement habitée par les autorités et les fonctionnaires, l'autre où demeurent plus spécialement les marchands sibériens, bien qu'elle soit peu commerçante cependant.

Cette ville compte environ douze à treize mille

habitants. Elle est défendue par une enceinte flanquée de bastions, mais ces fortifications sont en terre, et elles ne pouvaient la protéger que très-insuffisamment. Aussi les Tartares, qui le savaient bien, tentèrent-ils à cette époque de l'enlever de vive force, et ils y réussirent après quelques jours d'investissement.

La garnison d'Omsk, réduite à deux mille hommes, avait vaillamment résisté. Mais, accablée par les troupes de l'émir, repoussée peu à peu de la ville marchande, elle avait dû se réfugier dans la ville haute.

C'est là que le gouverneur général, ses officiers, ses soldats s'étaient retranchés. Ils avaient fait du haut quartier d'Omsk une sorte de citadelle, après en avoir crénelé les maisons et les églises, et, jusqu'alors, ils tenaient bon dans cette sorte de kreml improvisé, sans grand espoir d'être secourus à temps. En effet, les troupes tartares, qui descendaient le cours de l'Irtyche, recevaient chaque jour de nouveaux renforts, et, circonstance plus grave, elles étaient alors dirigées par un officier, traître à son pays, mais homme de grand mérite et d'une audace à toute épreuve.

C'était le colonel Ivan Ogareff.

Ivan Ogareff, terrible comme un de ces chefs tartares qu'il poussait en avant, était un militaire instruit. Ayant en lui un peu de sang mongol par sa mère, qui était d'origine asiatique, il aimait la ruse, il se plaisait à imaginer des embûches, et ne répugnait à aucun moyen lorsqu'il voulait surprendre quelque secret ou tendre quelque piége. Fourbe par nature, il avait volontiers recours aux plus vils déguisements, se faisant mendiant à l'occasion, excellant à prendre toutes les formes et toutes les allures. De plus, il était cruel, et il se fût fait bourreau au besoin. Féofar-Khan avait en lui un lieutenant digne de le seconder dans cette guerre sauvage.

Or, quand Michel Strogoff arriva sur les bords de l'Irtyche, Ivan Ogareff était déjà maître d'Omsk, et il pressait d'autant plus le siége du haut quartier de la ville, qu'il avait hâte de rejoindre Tomsk, où le gros de l'armée tartare venait de se concentrer.

Tomsk, en effet, avait été prise par Féofar-Khan depuis quelques jours, et c'est de là que les envahisseurs, maîtres de la Sibérie centrale, devaient marcher sur Irkoutsk.

Irkoutsk était le véritable objectif d'Ivan Ogareff.

Le plan de ce traître était de se faire agréer du grand-duc sous un faux nom, de capter sa confiance, et, l'heure venue, de livrer aux Tartares la ville et le grand-duc lui-même.

Avec une telle ville et un tel otage, toute la Sibérie asiatique devait tomber aux mains des envahisseurs.

Or, on le sait, ce complot était connu du czar, et c'était pour le déjouer qu'avait été confiée à Michel Strogoff l'importante missive dont il était porteur. De là aussi, les instructions les plus sévères qui avaient été données au jeune courrier, de passer incognito à travers la contrée envahie.

Cette mission, il l'avait fidèlement exécutée jusqu'ici, mais, maintenant, pourrait-il en poursuivre l'accomplissement?

Le coup qui avait frappé Michel Strogoff n'était pas mortel. En nageant de manière à éviter d'être vu, il avait atteint la rive droite, où il tomba évanoui entre les roseaux.

Quand il revint à lui, il se trouva dans la cabane d'un moujik qui l'avait recueilli et soigné, et auquel il devait d'être encore vivant. Depuis combien de temps était-il l'hôte de ce brave Sibérien? il n'eût pu le dire. Mais, lorsqu'il rouvrit les yeux, il vit une bonne figure barbue, penchée sur lui, qui le regardait d'un œil compatissant. Il allait demander où il était, lorsque le moujik, le prévenant, lui dit:

« Ne parle pas, petit père, ne parle pas! Tu es encore trop faible. Je vais te dire où tu es et tout ce qui s'est passé depuis que je t'ai rapporté dans ma cabane. »

Et le moujik raconta à Michel Strogoff les divers incidents de la lutte dont il avait été témoin, l'attaque

du bac par les barques tartares, le pillage du tarentass, le massacre des bateliers !....

Mais Michel Strogoff ne l'écoutait plus, et, portant la
main à son vêtement, il sentit la lettre impériale, toujours serrée sur sa poitrine.

Il respira, mais ce n'était pas tout.

« Une jeune fille m'accompagnait ! dit-il.

— Ils ne l'ont pas tuée ! répondit le moujik, allant
au-devant de l'inquiétude qu'il lisait dans les yeux de
son hôte. Ils l'ont emmenée dans leur barque, et ils
ont continué de descendre l'Irtyche ! C'est une prisonnière de plus à joindre à tant d'autres que l'on conduit
à Tomsk ! »

Michel Strogoff ne put répondre. Il mit la main sur
son cœur pour en comprimer les battements.

Mais, malgré tant d'épreuves, le sentiment du devoir
dominait son âme tout entière.

« Où suis-je ? demanda-t-il.

— Sur la rive droite de l'Irtyche, et seulement à
cinq verstes d'Omsk, répondit le moujik.

— Quelle blessure ai-je donc reçue, qui ait pu me
foudroyer ainsi ? Ce n'est pas un coup de feu ?

— Non, un coup de lance à la tête, cicatrisé maintenant, répondit le moujik. Après quelques jours de
repos, petit père, tu pourras continuer ta route. Tu es
tombé dans le fleuve, mais les Tartares ne t'ont ni

touché ni fouillé, et ta bourse est toujours dans ta poche. »

Michel Strogoff tendit la main au moujik. Puis, se redressant par un subit effort :

« Ami, dit-il, depuis combien de temps suis-je dans ta cabane?

— Depuis trois jours.

— Trois jours perdus !

— Trois jours pendant lesquels tu as été sans connaissance !

— As-tu un cheval à me vendre?

— Tu veux partir ?

— A l'instant.

— Je n'ai ni cheval ni voiture, petit père ! Où les Tartares ont passé, il ne reste plus rien!

— Eh bien, j'irai à pied à Omsk chercher un cheval...

— Quelques heures de repos encore, et tu seras mieux en état de continuer ton voyage !

— Pas une heure !

— Viens donc ! répondit le moujik, comprenant qu'il n'y avait pas à lutter contre la volonté de son hôte. Je te conduirai moi-même, ajouta-t-il. D'ailleurs, les Russes sont encore en grand nombre à Omsk, et tu pourras peut-être passer inaperçu.

— Ami, répondit Michel Strogoff, que le ciel te récompense de tout ce que tu as fait pour moi !

— Une récompense ! Les fous seuls en attendent sur la terre, » répondit le moujik.

Michel Strogoff sortit de la cabane. Lorsqu'il voulut marcher, il fut pris d'un éblouissement tel que, sans le secours du moujik, il serait tombé, mais le grand air le remit promptement. Il ressentit alors le coup qui lui avait été porté à la tête, et dont son bonnet de fourrure avait heureusement amorti la violence. Avec l'énergie qu'on lui connaît, il n'était pas homme à se laisser abattre pour si peu. Un seul but se dressait devant ses yeux, c'était cette lointaine Irkoutsk qu'il lui fallait atteindre ! Mais il lui fallait traverser Omsk sans s'y arrêter.

« Dieu protége ma mère et Nadia ! murmura-t-il. Je n'ai pas encore le droit de penser à elles ! »

Michel Strogoff et le moujik arrivèrent bientôt au quartier marchand de la ville basse, et, bien qu'elle fût occupée militairement, ils y entrèrent sans difficulté. L'enceinte de terre avait été détruite en maint endroit, et c'étaient autant de brèches par lesquelles pénétraient ces maraudeurs qui suivaient les armées de Féofar-Khan.

A l'intérieur d'Omsk, dans les rues, sur les places, fourmillaient les soldats tartares, mais on pouvait remarquer qu'une main de fer leur imposait une discipline à laquelle ils étaient peu accoutumés. En effet,

ils ne marchaient point isolément, mais par groupes
armés, en mesure de se défendre contre toute agres-
sion.

Sur la grande place, transformée en camp que
gardaient de nombreuses sentinelles, deux mille Tartares bivouaquaient en bon ordre. Les chevaux, attachés
à des piquets, mais toujours harnachés, étaient prêts
à partir au premier ordre. Omsk ne pouvait être qu'une
halte provisoire pour cette cavalerie tartare, qui devait
lui préférer les riches plaines de la Sibérie orientale,
là où les villes sont plus opulentes, les campagnes
plus fertiles, et, par conséquent, le pillage plus fruc-
tueux.

Au-dessus de la ville marchande s'étageait le haut
quartier, qu'Ivan Ogareff, malgré plusieurs assauts
vigoureusement donnés, mais bravement repoussés,
n'avait encore pu réduire. Sur ses murailles crénelées
flottait le drapeau national aux couleurs de la Russie.

Ce ne fut pas sans un légitime orgueil que Michel
Strogoff et son guide le saluèrent de leurs vœux.

Michel Strogoff connaissait parfaitement la ville
d'Omsk, et, tout en suivant son guide, il évita les rues
trop fréquentées. Ce n'était pas qu'il pût craindre
d'être reconnu. Dans cette ville, sa vieille mère aurait
seule pu l'appeler de son vrai nom, mais il avait juré
de ne pas la voir, et il ne la verrait pas. D'ailleurs,

— il le souhaitait de tout cœur, — peut-être avait-elle fui dans quelque portion tranquille de la steppe.

Le moujik, très-heureusement, connaissait un maître de poste qui, en le payant bien, ne refuserait pas, suivant lui, soit de louer, soit de vendre voiture ou chevaux. Resterait la difficulté de quitter la ville, mais les brèches, pratiquées à l'enceinte, devaient faciliter la sortie de Michel Strogoff.

Le moujik conduisait donc son hôte directement au relais, lorsque, dans une rue étroite, Michel Strogoff s'arrêta soudain et se rejeta derrière un pan de mur.

« Qu'as-tu? lui demanda vivement le moujik, très-étonné de ce brusque mouvement.

— Silence, » se hâta de répondre Michel Strogoff, en mettant un doigt sur ses lèvres.

En ce moment, un détachement de Tartares débouchait de la place principale et prenait la rue que Michel Strogoff et son compagnon venaient de suivre pendant quelques instants.

En tête du détachement, composé d'une vingtaine de cavaliers, marchait un officier vêtu d'un uniforme très-simple. Bien que ses regards se portassent rapidement de côté et d'autre, il ne pouvait avoir vu Michel Strogoff, qui avait précipitamment opéré sa retraite.

Le détachement allait au grand trot dans cette rue étroite. Ni l'officier, ni son escorte ne prenaient garde aux habitants. Ces malheureux avaient à peine le temps de se ranger à leur passage. Aussi y eut-il quelques cris à demi étouffés, auxquels répondirent immédiatement des coups de lance, et la rue fut dégagée en un instant.

Quand l'escorte eut disparu :

« Quel est cet officier? » demanda Michel Strogoff en se retournant vers le moujik.

Et, pendant qu'il faisait cette question, son visage était pâle comme celui d'un mort.

« C'est Ivan Ogareff, répondit le Sibérien, mais d'une voix basse qui respirait la haine.

— Lui! » s'écria Michel Strogoff, auquel ce mot échappa avec un accent de rage qu'il ne put maîtriser.

Il venait de reconnaître dans cet officier le voyageur qui l'avait frappé au relais d'Ichim!

Et, fût-ce une illumination de son esprit, ce voyageur, bien qu'il n'eût fait que l'entrevoir, lui rappela en même temps le vieux tsigane, dont il avait surpris les paroles au marché de Nijni-Novgorod.

Michel Strogoff ne se trompait pas. Ces deux hommes n'en faisaient qu'un. C'était sous le vêtement d'un tsigane, mêlé à la troupe de Sangarre, qu'Ivan Ogareff avait pu quitter la province de Nijni-Novgorod, où il était allé chercher, parmi les étrangers si nombreux que la foire avait amenés de l'Asie centrale, les affidés qu'il voulait associer à l'accomplissement de son œuvre maudite. Sangarre et ses tsiganes, véritables espions à sa solde, lui étaient absolument dévoués. C'était lui qui, pendant la nuit, sur le champ de foire, avait prononcé cette phrase singulière dont Michel Strogoff pouvait maintenant comprendre le sens, c'était lui qui voyageait à bord du *Caucase* avec toute la bande bohémienne, c'était lui qui, par cette autre route de Kazan à Ichim à travers l'Oural, avait gagné Omsk, où maintenant il commandait en maître.

Il y avait à peine trois jours qu'Ivan Ogareff était arrivé à Omsk, et, sans leur funeste rencontre à Ichim, sans l'événement qui venait de le retenir trois jours sur les bords de l'Irtyche, Michel Strogoff l'eût évidemment devancé sur la route d'Irkoutsk !

Et qui sait combien de malheurs eussent été évités dans l'avenir !

En tout cas, et plus que jamais, Michel Strogoff devait fuir Ivan Ogareff et faire en sorte de ne point en être vu. Lorsque le moment serait venu de se rencontrer avec lui face à face, il saurait le retrouver,

— fût-il maître de la Sibérie tout entière !

Le moujik et lui reprirent donc leur course à travers la ville, et ils arrivèrent à la maison de poste. Quitter Omsk par une des brèches de l'enceinte ne serait pas difficile, la nuit venue. Quant à racheter une voiture pour remplacer le tarentass, ce fut impossible. Il n'y en avait ni à louer ni à vendre. Mais quel besoin Michel Strogoff avait-il d'une voiture maintenant? N'était-il pas seul, hélas! à voyager? Un cheval devait lui suffire, et, très-heureusement, ce cheval, il put se le procurer. C'était un animal de fond, apte à supporter de longues fatigues, et dont Michel Strogoff, habile cavalier, pourrait tirer un bon parti.

Le cheval fut payé un haut prix, et, quelques minutes plus tard, il était prêt à partir.

Il était alors quatre heures du soir.

Michel Strogoff, obligé d'attendre la nuit pour franchir l'enceinte, mais ne voulant pas se montrer dans les rues d'Omsk, resta dans la maison de poste, et, là, il se fit servir quelque nourriture.

Il y avait grande affluence dans la salle commune. Ainsi que cela se passait dans les gares russes, les habitants, très-anxieux, venaient y chercher des nouvelles. On parlait de l'arrivée prochaine d'un corps de troupes moscovites, non pas à Omsk, mais à Tomsk, — corps destiné à reprendre cette ville sur les Tartares de Féofar-Khan.

Michel Strogoff prêtait une oreille attentive à tout ce qui se disait, mais il ne se mêlait point aux conversations.

Tout à coup, un cri le fit tressaillir, un cri qui le pénétra jusqu'au fond de l'âme, et ces deux mots furent pour ainsi dire jetés à son oreille :

« Mon fils! »

Sa mère, la vieille Marfa, était devant lui! Elle lui souriait, toute tremblante! Elle lui tendait les bras!...

Michel Strogoff se leva. Il allait s'élancer...

La pensée du devoir, le danger sérieux qu'il y avait pour sa mère et pour lui dans cette regrettable rencontre, l'arrêtèrent soudain, et tel fut son empire sur lui-même, que pas un muscle de sa figure ne remua.

Vingt personnes étaient réunies dans la salle commune. Parmi elles, il y avait peut-être des espions, et ne savait-on pas dans la ville que le fils de Marfa Strogoff appartenait au corps des courriers du czar?

Michel Strogoff ne bougea pas.

« Michel! s'écria sa mère.

— Qui êtes-vous, ma brave dame? demanda Michel Strogoff, balbutiant ces mots plutôt qu'il ne les prononça.

— Qui je suis? tu le demandes! Mon enfant, est-ce que tu ne reconnais plus ta mère?

— Vous vous trompez!... répondit froidement Michel Strogoff. Une ressemblance vous abuse... »

La vieille Marfa alla droit à lui, et là, les yeux dans les yeux :

« Tu n'es pas le fils de Pierre et de Marfa Strogoff? » dit-elle.

Michel Strogoff aurait donné sa vie pour pouvoir serrer librement sa mère dans ses bras!... mais s'il cédait, c'en était fait de lui, d'elle, de sa mission, de son serment!... Se dominant tout entier, il ferma les yeux pour ne pas voir les inexprimables angoisses qui contractaient le visage vénéré de sa mère, il retira ses mains pour ne pas étreindre les mains frémissantes qui le cherchaient.

« Je ne sais, en vérité, ce que vous voulez dire, ma bonne femme, répondit-il en reculant de quelques pas.

— Michel! cria encore la vieille mère.

— Je ne me nomme pas Michel! Je n'ai jamais été votre fils! Je suis Nicolas Korpanoff, marchand à Irkoutsk!... »

Et, brusquement, il quitta la salle commune, pendant que ces mots retentissaient une dernière fois :

« Mon fils! mon fils! »

Michel Strogoff, à bout d'efforts, était parti. Il ne vit pas sa vieille mère, qui était retombée presque inanimée sur un banc. Mais, au moment où le maître de poste se précipitait pour la secourir, la vieille femme se releva. Une révélation subite s'était faite dans son esprit. Elle, reniée par son fils! ce n'était pas possible! Quant à s'être trompée et à prendre un autre pour lui, impossible également. C'était bien son fils qu'elle venait de voir, et, s'il ne l'avait pas reconnue, c'est qu'il ne voulait pas, c'est qu'il ne devait pas la reconnaître, c'est qu'il avait des raisons terribles pour en agir ainsi! Et alors, refoulant en elle ses sentiments de mère, elle n'eut plus qu'une pensée :
« L'aurai-je perdu sans le vouloir? »

« Je suis folle! dit-elle à ceux qui l'interrogeaient. Mes yeux m'ont trompée! Ce jeune homme n'est pas mon enfant! Il n'avait pas sa voix! N'y pensons plus! Je finirais par le voir partout. »

Moins de dix minutes après, un officier tartare se présentait à la maison de poste.

« Marfa Strogoff? demanda-t-il.

— C'est moi, répondit la vieille femme d'un ton si calme et le visage si tranquille, que les témoins de la rencontre qui venait de se produire ne l'auraient pas reconnue.

— Viens, » dit l'officier.

Marfa Strogoff, d'un pas assuré, suivit l'officier tartare et quitta la maison de poste.

Quelques instants après, Marfa Strogoff se trouvait au bivouac de la grande place, en présence d'Ivan Ogareff, auquel tous les détails de cette scène avaient été rapportés immédiatement.

Ivan Ogareff, soupçonnant la vérité, avait voulu interroger lui-même la vieille Sibérienne.

« Ton nom ? demanda-t-il d'un ton rude.

— Marfa Strogoff.

— Tu as un fils ?

— Oui.

— Il est courrier du czar ?

— Oui.

— Où est-il ?

— A Moscou.

— Tu es sans nouvelles de lui ?

— Sans nouvelles.

— Depuis combien de temps ?

— Depuis deux mois.

— Quel est donc ce jeune homme que tu appelais ton fils, il y a quelques instants, au relais de poste ?

— Un jeune Sibérien que j'ai pris pour lui, répondit Marfa Strogoff. C'est le dixième en qui je crois retrouver mon fils depuis que la ville est pleine d'étrangers ! Je crois le voir partout !

— Ainsi ce jeune homme n'était pas Michel Strogoff?

— Ce n'était pas Michel Strogoff.

— Sais-tu, vieille femme, que je puis te faire tor- turer jusqu'à ce que tu avoues la vérité?

— J'ai dit la vérité, et la torture ne me fera rien changer à mes paroles.

— Ce Sibérien n'était pas Michel Strogoff? de- manda une seconde fois Ivan Ogareff.

— Non! Ce n'était pas lui, répondit une seconde fois Marfa Strogoff. Croyez-vous que pour rien au monde je renierais un fils comme celui que Dieu m'a donné? »

Ivan Ogareff regarda d'un œil méchant la vieille femme qui le bravait en face. Il ne doutait pas qu'elle n'eût reconnu son fils dans ce jeune Sibérien. Or, si ce fils avait d'abord renié sa mère, et si sa mère le reniait à son tour, ce ne pouvait être que par un motif des plus graves.

Donc, pour Ivan Ogareff, il n'était plus douteux que le prétendu Nicolas Korpanoff ne fût Michel Strogoff, courrier du czar, se cachant sous un faux nom, et chargé de quelque mission qu'il eût été capital pour lui de connaître. Aussi donna-t-il immédiatement ordre de se mettre à sa poursuite. Puis :

« Que cette femme soit dirigée sur Tomsk, » dit-il en se retournant vers Marfa Strogoff.

Et, pendant que les soldats l'entraînaient avec brutalité, il ajouta entre ses dents :

« Quand le moment sera venu, je saurai bien la faire parler, cette vieille sorcière ! »

CHAPITRE XV

LES MARAIS DE LA BARABA.

Il était heureux que Michel Strogoff eût si brusquement quitté le relais. Les ordres d'Ivan Ogareff avaient été aussitôt transmis à toutes les issues de la ville, et son signalement envoyé à tous les chefs de poste, afin qu'il ne pût sortir d'Omsk. Mais, à ce moment, il avait déjà franchi une des brèches de l'enceinte, son cheval courait la steppe, et, n'ayant pas été immédiatement poursuivi, il devait réussir à s'échapper.

C'était le 29 juillet, à huit heures du soir, que Michel Strogoff avait quitté Omsk. Cette ville se trouve à peu près à mi-route de Moscou à Irkoutsk, où il lui fallait

arriver sous dix jours, s'il voulait devancer les colonnes tartares. Évidemment, le déplorable hasard
qui l'avait mis en présence de sa mère avait trahi
son incognito. Ivan Ogareff ne pouvait plus ignorer
qu'un courrier du czar venait de passer à Omsk, se
dirigeant sur Irkoutsk. Les dépêches que portait ce
courrier devaient avoir une importance extrême. Michel Strogoff savait donc que l'on ferait tout pour
s'emparer de lui.

Mais ce qu'il ne savait pas, ce qu'il ne pouvait savoir,
c'est que Marfa Strogoff était aux mains d'Ivan Ogareff,
et qu'elle allait payer, de sa vie peut-être, le mouvement
qu'elle n'avait pu retenir en se trouvant soudain en
présence de son fils ! Et il était heureux qu'il l'ignorât !
Eût-il pu résister à cette nouvelle épreuve !

Michel Strogoff pressait donc son cheval, lui com-
muniquant toute l'impatience fiévreuse qui le dévorait,
ne lui demandant qu'une chose, c'était de le porter
rapidement jusqu'à un nouveau relais, où il pût
l'échanger contre un attelage plus rapide.

A minuit, il avait franchi soixante-dix verstes et
s'arrêtait à la station de Koulikovo. Mais là, ainsi qu'il
le craignait, il ne trouva ni chevaux, ni voitures.
Quelques détachements tartares avaient dépassé la
grande route de la steppe. Tout avait été volé ou
réquisitionné, soit dans les villages, soit dans les

maisons de poste. C'est à peine si Michel Strogoff put obtenir quelque nourriture pour son cheval et pour lui.

Il lui importait donc de le ménager, ce cheval, car il ne savait plus quand et comment il pourrait le remplacer. Cependant, voulant mettre le plus grand espace possible entre lui et les cavaliers qu'Ivan Ogareff devait avoir lancés à sa poursuite, il résolut de pousser plus avant. Après une heure de repos, il reprit donc sa course à travers la steppe.

Jusqu'alors les circonstances atmosphériques avaient heureusement favorisé le voyage du courrier du czar. La température était supportable. La nuit, très-courte à cette époque, mais éclairée de cette demi-clarté de la lune qui se tamise à travers les nuages, rendait la route praticable. Michel Strogoff allait, d'ailleurs, en homme sûr de son chemin, sans un doute, sans une hésitation. Malgré les pensées douloureuses qui l'obsédaient, il avait conservé une extrême lucidité d'esprit et marchait à son but, comme si ce but eût été visible à l'horizon. Lorsqu'il s'arrêtait un instant, à quelque tournant de la route, c'était pour laisser reprendre haleine à son cheval. Alors, il mettait pied à terre, pour le soulager un instant, puis il posait son oreille sur le sol et écoutait si quelque bruit de galop ne se propageait pas à la surface de la steppe. Quand il n'avait perçu aucun son suspect, il reprenait sa marche en avant.

Ah! si toute cette contrée sibérienne eût été envahie par la nuit polaire, cette nuit permanente de plusieurs mois! Il en était à le désirer, pour la franchir plus sûrement.

Le 30 juillet, à neuf heures du matin, Michel Strogoff dépassait la station de Touroumoff et se jetait dans la contrée marécageuse de la Baraba.

Là, sur un espace de trois cents verstes, les difficultés naturelles pouvaient être extrêmement grandes. Il le savait, mais il savait aussi qu'il les surmonterait quand même.

Ces vastes marais de la Baraba, compris du nord au sud entre le soixantième et le cinquante-deuxième parallèle, servent de réservoir à toutes les eaux pluviales qui ne trouvent d'écoulement ni vers l'Obi, ni vers l'Irtyche. Le sol de cette vaste dépression est entièrement argileux, par conséquent imperméable, de telle sorte que les eaux y séjournent et en font une région très-difficile à traverser pendant la saison chaude.

Là, cependant, passe la route d'Irkoutsk, et c'est au milieu de mares, d'étangs, de lacs, de marais dont le soleil provoque les exhalaisons malsaines, qu'elle se développe, pour la plus grande fatigue et souvent pour le plus grand danger du voyageur.

En hiver, lorsque le froid a solidifié tout ce qui est liquide, lorsque la neige a nivelé le sol et condensé les miasmes, les traîneaux peuvent facilement et impunément glisser sur la croûte durcie de la Baraba. Les chasseurs fréquentent assidûment alors la giboyeuse contrée, à la poursuite des martres, des zibelines et de ces précieux renards dont la fourrure est si recherchée. Mais, pendant l'été, le marais redevient fangeux, pestilentiel, impraticable même, lorsque le niveau des eaux est trop élevé.

Michel Strogoff lança son cheval au milieu d'une prairie tourbeuse, que ne revêtait plus ce gazon demiras de la steppe, dont les immenses troupeaux sibériens se nourrissent exclusivement. Ce n'était plus la prairie sans limites, mais une sorte d'immense taillis de végétaux arborescents.

Le gazon s'élevait alors à cinq ou six pieds de hauteur. L'herbe avait fait place aux plantes marécageuses, auxquelles l'humidité, aidée de la chaleur estivale, donnait des proportions gigantesques. C'étaient principalement des joncs et des butomes, qui formaient un réseau inextricable, un impénétrable treillis, parsemé de mille fleurs, remarquables par la vivacité de leurs couleurs, entre lesquelles brillaient des lis et des iris, dont les parfums se mêlaient aux buées chaudes qui s'évaporaient du sol.

Michel Strogoff, galopant entre ces taillis de joncs, n'était plus visible des marais qui bordaient la route. Les grandes herbes montaient plus haut que lui, et son passage n'était marqué que par le vol d'innombrables oiseaux aquatiques, qui se levaient sur la lisière du chemin et s'éparpillaient par groupes criards dans les profondeurs du ciel.

Cependant, la route était nettement tracée. Ici, elle s'allongeait directement entre l'épais fourré des plantes marécageuses; là, elle contournait les rives sinueuses de vastes étangs, dont quelques-uns, mesurant plusieurs verstes de longueur et de largeur, ont mérité le nom de lacs. En d'autres endroits, il n'avait pas été possible d'éviter les eaux stagnantes que le chemin traversait, non sur des ponts, mais sur des plates-formes branlantes, ballastées d'épaisses couches d'argile, et dont les madriers tremblaient comme une planche trop faible jetée au-dessus d'un abîme. Quelques-unes de ces plates-formes se prolongeaient sur un espace de deux à trois cents pieds, et plus d'une fois, les voyageurs, ou tout au moins les voyageuses des tarentass, y ont éprouvé un malaise analogue au mal de mer.

Michel Strogoff, lui, que le sol fût solide ou qu'il fléchît sous ses pieds, courait toujours sans s'arrêter, sautant les crevasses qui s'ouvraient entre les ma-

11

driers pourris ; mais, si vite qu'ils allassent, le cheval et le cavalier ne purent échapper aux piqûres de ces insectes diptères, qui infestent ce pays maréca- geux.

Les voyageurs obligés de traverser la Baraba, pen- dant l'été, ont le soin de se munir de masques de crins, auxquels se rattache une cotte de mailles en fil de fer très-ténu, qui leur couvre les épaules. Mal- gré ces précautions, il en est peu qui ne ressortent de ces marais sans avoir la figure, le cou, les mains criblés de points rouges. L'atmosphère semble y être hérissée de fines aiguilles, et on serait fondé à croire qu'une armure de chevalier ne suffirait pas à protéger contre le dard de ces diptères. C'est là une funeste région, que l'homme dispute chèrement aux tipules, aux cousins, aux maringouins, aux taons, et même à des milliards d'insectes microscopiques, qui ne sont pas visibles à l'œil nu ; mais, si on ne les voit pas, on les sent à leurs intolérables piqûres, auxquelles les chasseurs sibériens les plus endurcis n'ont jamais pu se faire.

Le cheval de Michel Strogoff, taonné par ces veni- meux diptères, bondissait comme si les molettes de mille éperons lui fussent entrées dans le flanc. Pris d'une rage folle, il s'emportait, il s'emballait, il fran- chissait verste sur verste, avec la vitesse d'un express, se battant les flancs de sa queue, cherchant dans la rapidité de sa course un adoucissement à son supplice.

Il fallait être un aussi bon cavalier que Michel Strogoff pour ne pas être désarçonné par les réactions de son cheval, ses arrêts brusques, les sauts qu'il faisait pour échapper à l'aiguillon des diptères. Devenu insensible, pour ainsi dire, à la douleur physique, comme s'il eût été sous l'influence d'une anesthésie permanente, ne vivant plus que par le désir d'arriver à son but, coûte que coûte, il ne voyait qu'une chose dans cette course insensée, c'est que la route fuyait rapidement derrière lui.

Qui croirait que cette contrée de la Baraba, si malsaine pendant les chaleurs, pût donner asile à une population quelconque?

Cela était, cependant. Quelques hameaux sibériens apparaissaient de loin en loin entre les joncs gigantesques. Hommes, femmes, enfants, vieillards, revêtus de peaux de bêtes, la figure recouverte de vessies enduites de poix, faisaient paître de maigres troupeaux de moutons; mais, pour préserver ces animaux de l'atteinte des insectes, ils les tenaient sous le vent de foyers de bois vert, qu'ils alimentaient nuit et jour, et dont l'âcre fumée se propageait lentement au-dessus de l'immense marécage.

Lorsque Michel Strogoff sentait que son cheval, rompu de fatigue, était sur le point de s'abattre, il s'arrêtait à l'un de ces misérables hameaux, et là, oublieux de ses propres fatigues, il frottait lui-même les piqûres du pauvre animal avec de la graisse chaude, selon la coutume sibérienne; puis, il lui donnait une bonne ration de fourrage, et ce n'était qu'après l'avoir bien pansé, bien pourvu, qu'il songeait à lui-même, qu'il réparait ses forces, en mangeant quelque morceau de pain et de viande, en buvant quelque verre de kwass. Une heure après, deux heures au plus, il reprenait à toute vitesse l'interminable route d'Irkoutsk.

Quatre-vingt-dix verstes furent ainsi franchies depuis Touroumoff, et le 30 juillet, à quatre heures du soir, Michel Strogoff, insensible à toute fatigue, arrivait à Elamsk.

Là, il fallut donner une nuit de repos à son cheval. Le courageux animal n'eût pu continuer plus longtemps ce voyage.

A Elamsk, pas plus qu'ailleurs, il n'existait aucun moyen de transport. Pour les mêmes raisons qu'aux bourgades précédentes, voitures ou chevaux, tout manquait.

Elamsk, petite ville que les Tartares n'avaient pas encore visitée, était presque entièrement dépeuplée.

car elle pouvait être facilement envahie par le sud, et difficilement secourue par le nord. Aussi, relais de poste, bureaux de police, hôtel du gouvernement, étaient-ils abandonnés par ordre supérieur, et, d'une part les fonctionnaires, de l'autre les habitants en mesure d'émigrer, s'étaient-ils retirés à Kamsk, au centre de la Baraba.

Michel Strogoff dut donc se résigner à passer la nuit à Elamsk, pour permettre à son cheval de se reposer pendant douze heures. Il se rappelait les recommandations qui lui avaient été faites à Moscou : traverser la Sibérie incognito, arriver quand même à Irkoutsk, mais, dans une certaine mesure, ne pas sacrifier la réussite à la rapidité du voyage, et, par conséquent, il devait ménager l'unique moyen de transport qui lui restât.

Le lendemain, Michel Strogoff quittait Elamsk au moment où l'on signalait les premiers éclaireurs tartares, à dix verstes en arrière, sur la route de la Baraba, et il s'élançait de nouveau à travers la marécageuse contrée. La route était plane, ce qui la rendait plus facile, mais très-sinueuse, ce qui l'allongeait. Impossible, d'ailleurs, de la quitter pour courir en droite ligne à travers cet infranchissable réseau des étangs et des mares.

Le surlendemain, 1er août, cent vingt verstes plus

loin, à midi, Michel Strogoff arrivait au bourg de Spaskoö, et, à deux heures, il faisait halte à celui de Pokrowskoö.

Son cheval, surmené depuis son départ d'Elamsk, n'aurait pas pu faire un pas de plus.

Là, Michel Strogoff dut perdre encore, pour un repos forcé, la fin de cette journée et la nuit tout entière; mais, reparti le lendemain matin, toujours courant à travers le sol à demi inondé, le 2 août, à quatre heures du soir, après une étape de soixante-quinze verstes, il atteignit Kamsk.

Le pays avait changé. Cette petite bourgade de Kamsk est comme une île, habitable et saine, située au milieu de l'inhabitable contrée. Elle occupe le centre même de la Baraba. Là, grâce aux assainissements obtenus par la canalisation du Tom, affluent de l'Ir-tyche qui passe à Kamsk, les marécages pestilentiels se sont transformés en pâturages de la plus grande richesse. Cependant, ces améliorations n'ont pas encore tout à fait triomphé des fièvres qui, pendant l'automne, rendent dangeréux le séjour de cette ville. Mais c'est encore là que les indigènes de la Baraba cherchent un refuge, lorsque les miasmes paludéens les chassent des autres parties de la province.

L'émigration provoquée par l'invasion tartare n'a-vait pas encore dépeuplé la petite ville de Kamsk.

Ses habitants se croyaient probablement en sûreté au centre de la Baraba, ou, du moins, ils pensaient avoir le temps de fuir, s'ils étaient directement menacés.

Michel Strogoff, quelque désir qu'il en eût, ne put donc apprendre aucune nouvelle en cet endroit. C'est à lui, plutôt, que le gouverneur se fût adressé, s'il eût connu la véritable qualité du prétendu marchand d'Irkoutsk. Kamsk, en effet, par sa situation même, semblait être en dehors du monde sibérien et des graves événements qui le troublaient.

D'ailleurs, Michel Strogoff ne se montra que peu ou pas. Être inaperçu ne lui suffisait plus, il eût voulu être invisible. L'expérience du passé le rendait de plus en plus circonspect pour le présent et l'avenir. Aussi se tint-il à l'écart et, peu soucieux de courir les rues de la bourgade, ne voulut-il même pas quitter l'auberge dans laquelle il était descendu.

Michel Strogoff aurait pu trouver une voiture à Kamsk et remplacer par un véhicule plus commode le cheval qui le portait depuis Omsk. Mais, après mûre réflexion, il craignit que l'achat d'un tarentass n'attirât l'attention sur lui, et, tant qu'il n'aurait pas dépassé la ligne maintenant occupée par les Tartares, ligne qui coupait la Sibérie à peu près suivant la vallée de l'Irtyche, il ne voulait pas risquer de donner prise aux soupçons.

D'ailleurs, pour achever la difficile traversée de la Baraba, pour fuir à travers le marécage, au cas où quelque danger l'eût menacé trop directement, pour distancer des cavaliers lancés à sa poursuite, pour se jeter, s'il le fallait, même au plus épais du fourré des joncs, un cheval valait évidemment mieux qu'une voiture. Plus tard, au delà de Tomsk, ou même de Krasnoïarsk, dans quelque centre important de la Sibérie occidentale, Michel Strogoff verrait ce qu'il conviendrait de faire.

Quant à son cheval, il n'eut même pas la pensée de l'échanger contre un autre. Il était fait à ce vaillant animal. Il savait ce qu'il en pouvait tirer. En l'achetant à Omsk, il avait eu la main heureuse, et, en l'amenant chez ce maître de poste, c'était un grand service que lui avait rendu le généreux moujik. D'ailleurs, si Michel Strogoff s'était déjà attaché à son cheval, celui-ci semblait se faire peu à peu aux fatigues d'un tel voyage, et, à la condition de lui réserver quelques heures de repos, son cavalier pouvait espérer qu'il irait jusqu'au delà des provinces envahies.

Donc, pendant la soirée et pendant la nuit du 2 au 3 août, Michel Strogoff resta confiné dans son auberge, à l'entrée de la ville, auberge peu fréquentée et à l'abri des importuns ou des curieux.

Brisé par la fatigue, il se coucha, après avoir veillé

à ce que son cheval ne manquât de rien; mais il ne put dormir que d'un sommeil intermittent. Trop de souvenirs, trop d'inquiétudes l'assaillaient à la fois. L'image de sa vieille mère, celle de sa jeune et intrépide compagne, laissées derrière lui, sans protection, passaient alternativement devant son esprit et s'y confondaient souvent dans une même pensée.

Puis, il revenait à la mission qu'il avait juré de remplir. Ce qu'il voyait depuis son départ de Moscou lui en montrait de plus en plus l'importance. Le mouvement était extrêmement grave, et la complicité d'Ogareff le rendait plus redoutable encore. Et, quand ses regards tombaient sur la lettre revêtue du cachet impérial, — cette lettre, qui sans doute contenait le remède à tant de maux, le salut de tout ce pays déchiré par la guerre, — Michel Strogoff sentait en lui comme un désir farouche de s'élancer à travers la steppe, de franchir à vol d'oiseau la distance qui le séparait d'Irkoutsk, d'être aigle pour s'élever au-dessus des obstacles, d'être ouragan pour passer à travers les airs avec une rapidité de cent verstes à l'heure, d'arriver enfin en face du grand-duc et de lui crier : « Altesse, de la part de Sa Majesté le czar! »

Le lendemain matin, à six heures, Michel Strogoff repartit avec l'intention de faire dans cette journée les quatre-vingts verstes (85 kilomètres) qui séparent Kamsk du hameau d'Oubinsk. Au delà d'un rayon de vingt verstes, il retrouva la marécageuse Baraba, qu'aucune dérivation n'asséchait plus, et dont le sol était souvent noyé sous un pied d'eau. La route était alors difficile à reconnaître, mais, grâce à son extrême prudence, cette traversée ne fut marquée par aucun accident.

Michel Strogoff, arrivé à Oubinsk, laissa son cheval reposer pendant toute la nuit, car il voulait, dans la journée suivante, enlever sans débrider les cent verstes qui se développent entre Oubinsk et Ikoulskoë. Il partit donc dès l'aube, mais, malheureusement, dans cette partie, le sol de la Baraba fut de plus en plus détestable.

En effet, entre Oubinsk et Kamakova, les pluies, très-abondantes quelques semaines auparavant, s'étaient conservées dans cette étroite dépression comme dans une imperméable cuvette. Il n'y avait même plus solution de continuité à cet interminable réseau des mares, des étangs et des lacs. L'un de ces lacs, — assez considérable pour avoir mérité d'être admis à la nomenclature géographique, — ce Tchang, chinois par son nom, dut être côtoyé sur une largeur de plus de vingt verstes et au prix de difficultés extrêmes. De là quelques retards que toute l'impatience de Michel Strogoff ne pouvait empêcher. Il avait d'ailleurs été bien avisé en ne prenant pas une voiture à Kamsk, car son cheval passa là où aucun véhicule n'aurait pu passer.

Le soir, à neuf heures, Michel Strogoff, arrivé à Ikoulskoë, s'y arrêta pendant toute la nuit. Dans ce bourg perdu de la Baraba, les nouvelles de la guerre faisaient absolument défaut. Par sa nature même, cette portion de la province, placée dans la fourche que formaient les deux colonnes tartares en se bifurquant l'une sur Omsk, l'autre sur Tomsk, avait échappé jusqu'ici aux horreurs de l'invasion.

Mais les difficultés naturelles allaient enfin s'amoindrir, car, s'il n'éprouvait aucun retard, Michel Strogoff devait, dès le lendemain, avoir quitté la Baraba. Il retrouverait alors une route praticable, lorsqu'il aurait franchi les cent vingt-cinq verstes (133 kilomètres) qui le séparaient encore de Kolyvan.

Arrivé à ce bourg important, il ne serait plus qu'à une égale distance de Tomsk. Il prendrait alors conseil des circonstances, et, très-probablement, il se déciderait à tourner cette ville, que Féofar-Khan occupait, si les nouvelles étaient exactes.

Mais si ces bourgs, tels qu'Ikoulskoë, tels que Karguinsk, qu'il dépassa le lendemain, étaient relativement tranquilles, grâce à leur situation dans la Baraba, où les colonnes tartares eussent difficilement manœuvré, n'était-il pas à craindre que, sur les rives plus riches de l'Obi, Michel Strogoff, n'ayant plus à redouter d'obstacles physiques, n'eût tout à appréhender de l'homme? cela était vraisemblable. Toutefois, s'il le fallait, il n'hésiterait pas à se jeter hors de la route d'Irkoutsk. A voyager alors à travers la steppe, il risquerait évidemment de se trouver sans ressource. Là, en effet, plus de chemin tracé, plus de villes ni de villages. A peine quelques fermes isolées, ou simples huttes de pauvres gens, hospitaliers sans doute, mais chez lesquels se trouverait à peine le nécessaire! Cependant, il n'y aurait pas à hésiter.

Enfin, vers trois heures et demie du soir, après avoir dépassé la station de Kargatsk, Michel Strogoff quittait les dernières dépressions de la Baraba, et le sol dur et sec du territoire sibérien sonnait de nouveau sous le pied de son cheval.

Il avait quitté Moscou le 15 juillet. Donc, ce jour-là, 5 août, en y comprenant plus de soixante-dix heures perdues sur les bords de l'Irtyche, vingt et un jours s'étaient écoulés depuis son départ.

Quinze cents verstes le séparaient encore d'Irkoutsk.

CHAPITRE XVI

UN DERNIER EFFORT.

Michel Strogoff avait raison de redouter quelque mauvaise rencontre dans ces plaines qui se prolongent au delà de la Baraba. Les champs, foulés du pied des chevaux, montraient que les Tartares y avaient passé, et de ces barbares on pouvait dire ce que l'on a dit des Turcs : « Là où le Turc passe, l'herbe ne repousse jamais ! »

Michel Strogoff devait donc prendre les plus minutieuses précautions en traversant cette contrée. Quelques volutes de fumée qui se tordaient au-dessus de l'horizon indiquaient que bourgs et hameaux brûlaient encore. Ces incendies avaient-ils été allumés par l'avant-

15

garde, ou l'armée de l'émir s'était-elle déjà avancé
jusqu'aux dernières limites de la province? Féofar
Khan se trouvait-il de sa personne dans le gouverne
ment de l'Yeniseisk? Michel Strogoff ne le savait et
ne pouvait rien décider sans être fixé à cet égard. Le
pays était-il donc si abandonné qu'il ne s'y trouvât
plus un seul Sibérien pour le renseigner?

Michel Strogoff fit deux verstes sur la route absolument déserte. Il cherchait du regard, à droite et à
gauche, quelque maison qui n'eût pas été délaissée.
Toutes celles qu'il visita étaient vides.

Une hutte, cependant, qu'il aperçut entre les arbres,
fumait encore. Lorsqu'il en approcha, il vit, à quelques pas des restes de sa maison, un vieillard, entouré
d'enfants qui pleuraient. Une femme, jeune encore, sa
fille sans doute, la mère de ces petits, agenouillée sur
le sol, regardait d'un œil hagard cette scène de déso-
lation. Elle allaitait un enfant de quelques mois,
auquel son lait devait manquer bientôt. Tout, autour
de cette famille, n'était que ruines et dénuement!

Michel Strogoff alla au vieillard.

« Peux-tu me répondre? lui dit-il d'une voix grave.

— Parle, répondit le vieillard.

— Les Tartares ont passé par ici?

— Oui, puisque ma maison est en flammes!

— Était-ce une armée ou un détachement?

— Une armée, puisque, si loin que ta vue s'étende, nos champs sont dévastés!

— Commandée par l'émir?..

— Par l'émir, puisque les eaux de l'Obi sont devenues rouges!

— Et Féofar-Khan est entré à Tomsk?

— A Tomsk.

— Sais-tu si les Tartares se sont emparés de Kolyvan?

— Non, puisque Kolyvan ne brûle pas encore!

— Merci, ami. — Puis-je faire quelque chose pour toi et les tiens?

— Rien.

— Au revoir.

— Adieu. »

Et Michel Strogoff, après avoir mis vingt-cinq roubles sur les genoux de la malheureuse femme, qui n'eut même pas la force de le remercier, pressa son cheval et reprit sa marche, interrompue un instant.

Il savait maintenant une chose, c'est qu'à tout prix il devait éviter de passer à Tomsk. Aller à Kolyvan, où les Tartares n'étaient pas encore, c'était possible. S'y ravitailler pour une longue étape, c'était ce qu'il fallait faire. Se jeter ensuite hors de la route d'Irkoutsk pour tourner Tomsk, après avoir franchi l'Obi, il n'y avait pas d'autre parti à prendre.

Ce nouvel itinéraire décidé, Michel Strogoff ne devait pas hésiter un instant. Il n'hésita pas, et, imprimant à son cheval une allure rapide et régulière, il suivit la route directe qui aboutissait à la rive gauche de l'Obi, dont quarante verstes le séparaient encore. Trouverait-il un bac pour le traverser, ou, les Tartares ayant détruit les bateaux du fleuve, serait-il forcé de le passer à la nage? Il aviserait.

Quant à son cheval, bien épuisé alors, Michel Strogoff, après lui avoir demandé ce qui lui restait de force pour cette dernière étape, devrait chercher à l'échanger contre un autre à Kolyvan. Il sentait bien qu'avant peu le pauvre animal manquerait sous lui. Kolyvan devait donc être comme un nouveau point de départ, car, à partir de cette ville, son voyage s'effectuerait dans des conditions nouvelles. Tant qu'il parcourrait le pays ravagé, les difficultés seraient grandes encore, mais si, après avoir évité Tomsk, il pouvait reprendre la route d'Irkoutsk à travers la province d'Yeniseisk, que les envahisseurs ne désolaient pas encore, il devait avoir atteint son but en quelques jours.

La nuit était venue, après une assez chaude journée. Une assez profonde obscurité, à minuit, enveloppa la steppe. Le vent, complétement tombé au coucher du soleil, laissait à l'atmosphère un calme complet. Seul, le bruit des pas du cheval se faisait

entendre sur la route déserte, et aussi quelques paroles
avec lesquelles son maître l'encourageait. Au milieu
de ces ténèbres, il fallait une extrême attention pour
ne pas se jeter hors du chemin, bordé d'étangs et de
petits cours d'eau, tributaires de l'Obi.

Michel Strogoff s'avançait donc aussi rapidement
que possible, mais avec une certaine circonspection.
Il s'en rapportait non moins à l'excellence de ses yeux,
qui perçaient l'ombre, qu'à la prudence de son cheval,
dont il connaissait la sagacité.

A ce moment, Michel Strogoff, ayant mis pied à
terre, cherchait à reconnaître exactement la direction
de la route, lorsqu'il lui sembla entendre un murmure
confus qui venait de l'ouest. C'était comme le bruit
d'une chevauchée lointaine sur la terre sèche. Pas de
doute. Il se produisait, à une ou deux verstes en arrière,
un certain cadencement de pas qui frappaient régulièrement le sol.

Michel Strogoff écouta avec plus d'attention, après
avoir posé son oreille à l'axe même du chemin.

« C'est un détachement de cavaliers qui vient par la
route d'Omsk, se dit-il. Il marche rapidement, car le
bruit augmente. Sont-ce des Russes ou des Tartares? »

Michel Strogoff écouta encore.

« Oui, dit-il, ces cavaliers viennent au grand trot !

Avant dix minutes, ils seront ici ! Mon cheval ne saurait les devancer. Si ce sont des Russes, je me joindrai à eux. Si ce sont des Tartares, il faut les éviter ! Mais comment ? Où me cacher dans cette steppe ? »

Michel Strogoff regarda autour de lui, et son œil si pénétrant découvrit une masse confusément estompée dans l'ombre, à une centaine de pas en avant, sur la gauche de la route.

« Il y a là quelque taillis, se dit-il. Y chercher refuge, c'est m'exposer peut-être à être pris, si ces cavaliers le fouillent, mais je n'ai pas le choix ! Les voilà ! les voilà ! »

Quelques instants après, Michel Strogoff, traînant son cheval par la bride, arrivait à un petit bois de mélèzes, auquel la route donnait accès. Au delà et en deçà, complétement dégarnie d'arbres, elle se développait entre des fondrières et des étangs, que séparaient des buissons nains, faits d'ajoncs et de bruyères. Des deux côtés, le terrain était donc absolument impraticable, et le détachement devait forcément passer devant ce petit bois, puisqu'il suivait le grand chemin d'Irkoutsk.

Michel Strogoff se jeta sous le couvert des mélèzes, et, s'y étant enfoncé d'une quarantaine de pas, il fut arrêté par un cours d'eau qui fermait ce taillis par une enceinte semi-circulaire.

Mais l'ombre était si épaisse, que Michel Strogoff ne courait aucun risque d'être vu, à moins que ce petit bois ne fût minutieusement fouillé. Il conduisit donc son cheval jusqu'au cours d'eau, et il l'attacha à un arbre, puis, il revint s'étendre à la lisière du bois, afin de reconnaître à quel parti il avait affaire.

A peine Michel Strogoff avait-il pris place derrière un bouquet de mélèzes, qu'une lueur assez confuse apparut, sur laquelle tranchaient çà et là quelques points brillants qui s'agitaient dans l'ombre.

« Des torches ! » se dit-il.

Et il recula vivement, en se glissant comme un sauvage dans la portion la plus épaisse du taillis.

En approchant du bois, le pas des chevaux commença à se ralentir. Ces cavaliers éclairaient-ils donc la route avec l'intention d'en observer les moindres détours ?

Michel Strogoff dut le craindre, et, instinctivement, il recula jusqu'à la berge du cours d'eau, prêt à s'y plonger, s'il le fallait.

Le détachement, arrivé à la hauteur du taillis, s'arrêta. Les cavaliers mirent pied à terre. Ils étaient cinquante environ. Une dizaine d'entre eux portaient des torches, qui éclairaient la route dans un large rayon.

A certains préparatifs, Michel Strogoff reconnut que, par un bonheur inattendu, le détachement ne songeait aucunement à visiter le taillis, mais à bivouaquer en cet endroit, pour faire reposer les chevaux et permettre aux hommes de prendre quelque nourriture.

En effet, les chevaux, débridés, commencèrent à paître l'herbe épaisse qui tapissait le sol. Quant aux cavaliers, ils s'étendirent au long de la route et se partagèrent les provisions de leurs havre-sacs.

Michel Strogoff avait conservé tout son sang-froid, et, se glissant entre les hautes herbes, il chercha à voir, puis à entendre.

C'était un détachement qui venait d'Omsk. Il se composait de cavaliers usbecks, race dominante en Tartarie, que leur type rapproche sensiblement des Mongols. Ces hommes, bien constitués, d'une taille au-dessus de la moyenne, aux traits rudes et sauvages, étaient coiffés du « talpak », sorte de bonnet de peau de mouton noir, et chaussés de bottes jaunes à hauts talons, dont le bout se relevait en pointe, comme aux souliers du moyen âge. Leur pelisse, faite d'indienne ouatée avec du coton écru, les serrait à la taille par une ceinture de cuir soutachée de rouge. Ils étaient armés, défensivement d'un bouclier, et offensivement d'un sabre courbe, d'un long coutelas et d'un fusil à pierre suspendu à l'arçon de la selle. Sur leurs épaules se drapait un manteau de feutre de couleur éclatante.

Les chevaux, qui paissaient en toute liberté sur la lisière du taillis, étaient de race usbèque, comme ceux qui les montaient. Cela se voyait parfaitement à la lueur des torches qui projetaient un vif éclat sous la ramure des mélèzes. Ces animaux, un peu plus petits que le cheval turcoman, mais doués d'une force remarquable, sont des bêtes de fond qui ne connaissent pas d'autre allure que celle du galop.

Ce détachement était conduit par un « pendja-baschi », c'est-à-dire un commandant de cinquante hommes, ayant en sous-ordre un « deh-baschi », simple commandant de dix hommes. Ces deux officiers portaient un casque et une demi-cotte de mailles ; de petites trompettes, attachées à l'arçon de leur selle, formaient le signe distinctif de leur grade.

Le pendja-baschi avait dû faire reposer ses hommes, fatigués d'une longue étape. Tout en causant, le second officier et lui, fumant le « beng », feuille de chanvre qui forme la base du « haschisch » dont les Asiatiques font un si grand usage, allaient et venaient dans le bois, de sorte que Michel Strogoff, sans être vu, put saisir et comprendre leur conversation, car ils s'exprimaient en langue tartare.

Dès les premiers mots de cette conversation, l'attention de Michel Strogoff fut singulièrement surexcitée.

En effet, c'était de lui qu'il s'agissait.

« Ce courrier ne saurait avoir une telle avance sur nous, dit le pendja-baschi, et, d'autre part, il est absolument impossible qu'il ait suivi d'autre route que celle de la Baraba.

— Qui sait s'il a quitté Omsk? répondit le deh-baschi. Peut-être est-il encore caché dans quelque maison de la ville?

— Ce serait à souhaiter, vraiment ! Le colonel Oga-reff n'aurait plus à craindre que les dépêches dont ce courrier est évidemment porteur n'arrivassent à destination !

— On dit que c'est un homme du pays, un Sibérien, reprit le deh-baschi. Comme tel, il doit connaître la contrée, et il est possible qu'il ait quitté la route d'Irkoutsk, sauf à la rejoindre plus tard !

— Mais alors nous serions en avance sur lui, répondit le pendja-baschi, car nous avons quitté Omsk moins d'une heure après son départ, et nous avons suivi le chemin le plus court de toute la vitesse de nos chevaux. Donc, ou il est resté à Omsk, ou nous arriverons avant lui à Tomsk, de manière à lui couper la retraite, et, dans les deux cas, il n'atteindra pas Irkoutsk.

— Une rude femme, cette vieille Sibérienne, qui est évidemment sa mère ! » dit le deh-baschi.

A cette phrase, le cœur de Michel Strogoff battit à se briser.

« Oui, répondit le pendja-baschi, elle a bien soutenu que ce prétendu marchand n'était pas son fils, mais il était trop tard. Le colonel Ogareff ne s'y est pas laissé prendre, et, comme il l'a dit, il saura bien faire parler la vieille sorcière, quand le moment en sera venu. »

Autant de mots, autant de coups de poignard pour Michel Strogoff! Il était reconnu pour être un courrier du czar! Un détachement de cavaliers, lancé à sa poursuite, ne pouvait manquer de lui couper la route! Et, suprême douleur! sa mère était entre les mains des Tartares, et le cruel Ogareff se faisait fort de la faire parler lorsqu'il le voudrait!

Michel Strogoff savait bien que l'énergique Sibérienne ne parlerait pas, et qu'il lui en coûterait la vie!...

Michel Strogoff ne croyait pas pouvoir haïr Ivan Ogareff plus qu'il ne l'avait haï jusqu'à ce moment, et, cependant, un flot de haine nouvelle monta jusqu'à son cœur. L'infâme qui trahissait son pays menaçait maintenant de torturer sa mère!

La conversation continua entre les deux officiers, e Michel Strogoff crut comprendre qu'aux environs de Kolyvan un engagement était imminent entre les

troupes moscovites venant du nord et les troupes tartares. Un petit corps russe de deux mille hommes,
signalé sur le cours inférieur de l'Obi, venait à marche
forcée vers Tomsk. Si cela était, ce corps, qui allait se
trouver aux prises avec le gros des troupes de Féofar-
Khan, serait inévitablement anéanti, et la route
d'Irkoutsk appartiendrait tout entière aux envahisseurs.

Quant à lui-même, Michel Strogoff apprit, par quelques mots du pendja-baschi, que sa tête était mise
à prix, et qu'ordre était donné de le prendre mort ou
vif.

Donc, il y avait nécessité immédiate de devancer les
cavaliers usbecks sur la route d'Irkoutsk et de mettre
l'Obi entre eux et lui. Mais, pour cela, il fallait fuir
avant que le bivouac fût levé.

Cette résolution prise, Michel Strogoff se prépara à
l'exécuter.

En effet, la halte ne pouvait se prolonger, et le
pendja-baschi ne comptait pas donner à ses hommes
plus d'une heure de repos, bien que leurs chevaux
n'eussent pu être échangés contre des chevaux frais
depuis Omsk, et qu'ils dussent être fatigués dans la
même mesure et pour les mêmes raisons que celui
de Michel Strogoff.

Il n'y avait donc pas un instant à perdre. Il était une

heure du matin. Il fallait profiter de l'obscurité que
l'aube allait chasser bientôt, pour quitter le petit bois
et se jeter sur la route; mais, bien que la nuit dût la
favoriser, le succès d'une telle fuite paraissait presque
impossible.

Michel Strogoff, ne voulant rien donner au hasard,
prit le temps de réfléchir et pesa attentivement les
chances pour et contre, afin de mettre les meilleures
dans son jeu.

De la disposition des lieux, il résultait ceci : c'est
qu'il ne pourrait s'échapper par l'arrière-plan du
taillis, fermé par un arc de mélèzes dont la grande
route traçait la corde. Le cours d'eau qui bordait cet
arc était non-seulement profond, mais assez large et
très-boueux. De grands ajoncs en rendaient le passage
absolument impraticable. Sous cette eau trouble, on
sentait une fondrière vaseuse, sur laquelle le pied ne
pouvait prendre un point d'appui. En outre, au delà
du cours d'eau, le sol, coupé de buissons, ne se fût
prêté que très-difficilement aux manœuvres d'une fuite
rapide. L'alerte une fois donnée, Michel Strogoff,
poursuivi à outrance et bientôt cerné, devait immanquablement tomber aux mains des cavaliers tartares.

Il n'y avait donc qu'une seule voie praticable, une
seule, la grande route. Chercher à l'atteindre en con-
tournant la lisière du bois, et, sans éveiller l'attention,

franchir un quart de verste avant d'avoir été aperçu, demander à son cheval ce qui lui restait d'énergie et de vigueur, dût-il tomber mort en arrivant aux rives de l'Obi, puis, soit par un bac, soit à la nage, si tout autre moyen de transport manquait, traverser cet important fleuve, voilà ce que devait tenter Michel Strogoff.

Son énergie, son courage s'étaient décuplés en face du danger. Il y allait de sa vie, de sa mission, de l'honneur de son pays, peut-être du salut de sa mère. Il ne pouvait hésiter et se mit à l'œuvre.

Il n'y avait plus un seul instant à perdre. Déjà un certain mouvement se produisait parmi les hommes du détachement. Quelques cavaliers allaient et venaient sur le talus de la route, devant la lisière du bois. Les autres étaient encore couchés au pied des arbres, mais leurs chevaux se rassemblaient peu à peu vers la partie centrale du taillis.

Michel Strogoff eut d'abord la pensée de s'emparer de l'un de ces chevaux, mais il se dit avec raison qu'ils devaient être aussi fatigués que le sien. Mieux valait donc se confier à celui dont il était sûr, et qui lui avait rendu tant de bons services. Cette courageuse bête, cachée par un haut buisson de bruyères, avait échappé aux regards des Usbecks. Ceux-ci, d'ailleurs, ne s'é-taient pas enfoncés jusqu'à l'extrême limite du bois.

Michel Strogoff, en rampant sous l'herbe, s'approcha de son cheval, qui était couché sur le sol. Il le flatta de la main, il lui parla doucement, il parvint à le faire lever sans bruit.

En ce moment, — circonstance favorable, — les torches, entièrement consumées, étaient éteintes, et l'obscurité restait encore assez profonde, au moins sous le couvert des mélèzes.

Michel Strogoff, après avoir remis le mors, assuré la sangle de la selle, éprouvé la courroie des étriers, commença à tirer doucement son cheval par la bride. Du reste, l'intelligent animal, comme s'il eût compris ce que l'on voulait de lui, suivit docilement son maître, sans faire entendre le plus léger hennissement.

Toutefois, quelques chevaux usbecks dressèrent la tête et se dirigèrent peu à peu vers la lisière du taillis.

Michel Strogoff tenait de la main droite son revolver, prêt à casser la tête au premier cavalier tartare qui s'approcherait. Mais, très-heureusement, l'éveil ne fut pas donné, et il put atteindre l'angle que le bois faisait à droite en rejoignant la route.

L'intention de Michel Strogoff, pour éviter d'être vu, était de ne se mettre en selle que le plus tard possible, et seulement après avoir dépassé un tournant qui se trouvait à deux cents pas du taillis.

Malheureusement, au moment où Michel Strogoff

allait franchir la lisière du taillis, le cheval d'un Usbeck, le flairant, hennit et s'élança sur la route.

Son maître courut à lui pour le ramener, mais, apercevant une silhouette qui se détachait confusément aux premières lueurs de l'aube :

« Alerte! » cria-t-il.

A ce cri, tous les hommes du bivouac se relevèrent et se précipitèrent sur la route.

Michel Strogoff n'avait plus qu'à enfourcher son cheval et à l'enlever au galop.

'Les deux officiers du détachement s'étaient portés en avant et excitaient leurs hommes.

Mais déjà Michel Strogoff s'était mis en selle.

En ce moment, une détonation éclata, et il sentit une balle qui traversait sa pelisse.

Sans tourner la tête, sans répondre, il piqua des deux, et, franchissant la lisière du taillis par un bond formidable, il s'élança bride abattue dans la direction de l'Obi.

Les chevaux usbecks étant déharnachés, il allait donc pouvoir prendre une certaine avance sur les cavaliers du détachement ; mais ceux-ci ne pouvaient tarder à se jeter sur ses traces, et, en effet, moins de deux minutes après qu'il eût quitté le bois, il entendit le bruit de plusieurs chevaux qui, peu à peu, gagnaient sur lui.

Le jour commençait à se faire alors, et les objets devenaient visibles dans un plus large rayon.

Michel Strogoff, tournant la tête, aperçut un cavalier qui l'approchait rapidement.

C'était le deh-baschi. Cet officier, supérieurement monté, tenait la tête du détachement et menaçait d'atteindre le fugitif.

Sans s'arrêter, Michel Strogoff tendit vers lui son revolver, et, d'une main qui ne tremblait pas, il le visa un instant. L'officier usbeck, atteint en pleine poitrine, roula sur le sol.

Mais les autres cavaliers le suivaient de près, et, sans s'attarder près du deh-baschi, s'excitant par leurs propres vociférations, enfonçant l'éperon dans le flanc de leurs chevaux, ils diminuèrent peu à peu la distance qui les séparait de Michel Strogoff.

Pendant une demi-heure, cependant, celui-ci put se maintenir hors de portée des armes tartares, mais il sentait bien que son cheval faiblissait, et, à chaque instant, il craignait que, buttant contre quelque obstacle, il ne tombât pour ne plus se relever.

Le jour était assez clair alors, bien que le soleil ne se fût pas encore montré au-dessus de l'horizon.

A deux verstes au plus se développait une ligne pâle, que bordaient quelques arbres assez espacés.

C'était l'Obi, qui coulait du sud-ouest au nord-est,

presque au ras du sol, et dont la vallée n'était que la steppe elle-même.

Plusieurs fois, des coups de fusil furent tirés sur Michel Strogoff, mais sans l'atteindre, et, plusieurs fois aussi, il dut décharger son revolver sur ceux des cavaliers qui le serraient de trop près. Chaque fois, un Usbeck roula à terre, au milieu des cris de rage de ses compagnons.

Mais cette poursuite ne pouvait se terminer qu'au désavantage de Michel Strogoff. Son cheval n'en pouvait plus, et, cependant, il parvint à l'enlever jusqu'à la berge du fleuve.

Le détachement usbeck, à ce moment, n'était plus qu'à cinquante pas en arrière de lui.

Sur l'Obi, absolument désert, pas de bac, pas un bateau qui pût servir à passer le fleuve.

« Courage, mon brave cheval! s'écria Michel Strogoff. Allons! Un dernier effort! »

Et il se précipita dans le fleuve, qui mesurait en cet endroit une demi-verste de largeur.

Le courant, très-vif, était extrêmement difficile à remonter. Le cheval de Michel Strogoff n'avait pied nulle part. Donc, sans point d'appui, c'était à la nage qu'il devait couper ces eaux rapides comme celles d'un torrent. Les braver, c'était, pour Michel Strogoff, faire un miracle de courage.

Les cavaliers s'étaient arrêtés sur la berge du fleuve, et ils hésitaient à s'y précipiter.

Mais, à ce moment, le pendja-baschi, saisissant son fusil, visa avec soin le fugitif, qui se trouvait déjà au milieu du courant. Le coup partit, et le cheval de Michel Strogoff, frappé au flanc, s'engloutit sous son maître.

Celui-ci se débarrassa vivement de ses étriers, au moment où l'animal disparaissait sous les eaux du fleuve. Puis, plongeant à propos au milieu d'une grêle de balles, il parvint à atteindre la rive droite du fleuve et disparut dans les roseaux qui hérissaient la berge de l'Obi.

CHAPITRE XVII

VERSETS ET CHANSONS.

Michel Strogoff était relativement en sûreté. Toutefois, sa situation restait encore terrible.

Maintenant que le fidèle animal, qui l'avait si courageusement servi, venait de trouver la mort dans les eaux du fleuve, comment, lui, pourrait-il continuer son voyage?

Il était à pied, sans vivres, dans un pays ruiné par l'invasion, battu par les éclaireurs de l'émir, et il se trouvait encore à une distance considérable du but qu'il fallait atteindre.

« Par le ciel, j'arriverai ! s'écria-t-il, répondant ainsi à toutes les raisons de défaillance que son esprit venait un instant d'entrevoir. Dieu protége la sainte Russie! »

Michel Strogoff était alors hors de portée des cavaliers usbecks. Ceux-ci n'avaient point osé le poursuivre à travers le fleuve, et, d'ailleurs, ils devaient croire qu'il s'était noyé, car, après sa disparition sous les eaux, ils n'avaient pu le voir atteindre la rive droite de l'Obi.

Mais Michel Strogoff, se glissant entre les roseaux gigantesques de la berge, avait gagné une partie plus élevée de la rive, non sans peine, cependant, car un épais limon, déposé à l'époque du débordement des eaux, la rendait peu praticable.

Une fois sur un terrain plus solide, Michel Strogoff arrêta ce qu'il convenait de faire. Ce qu'il voulait avant tout, c'était éviter Tomsk, occupée par les troupes tartares. Néanmoins, il lui fallait gagner quelque bourgade, et au besoin quelque relais de poste, où il pût se procurer un cheval. Ce cheval trouvé, il se jetterait en dehors des chemins battus, et il ne reprendrait la route d'Irkoutsk qu'aux environs de Krasnoiarsk. A partir de ce point, s'il se hâtait, il espérait trouver la voie libre encore, et il pourrait descendre au sud-est les provinces du lac Baïkal.

Tout d'abord, Michel Strogoff commença par s'orienter.

A deux verstes en avant, en suivant le cours de l'Obi, une petite ville, pittoresquement étagée, s'élevait sur une légère intumescence du sol. Quelques églises, à coupoles byzantines, coloriées de vert et d'or, se profilaient sur le fond gris du ciel.

C'était Kolyvan, où les fonctionnaires et les employés de Kamsk et autres villes vont se réfugier pendant l'été pour fuir le climat malsain de la Baraba. Kolyvan, d'après les nouvelles que le courrier du czar avait apprises, ne devait pas être encore aux mains des envahisseurs. Les troupes tartares, scindées en deux colonnes, s'étaient portées à gauche sur Omsk, à droite sur Tomsk, négligeant le pays intermédiaire.

Le projet, simple et logique, que forma Michel Strogoff, ce fut de gagner Kolyvan avant que les cavaliers usbecks, qui remontaient la rive gauche de l'Obi, y fussent arrivés. Là, dût-il en payer dix fois la valeur, il se procurerait des habits, un cheval, et rejoindrait la route d'Irkoutsk à travers la steppe méridionale.

Il était trois heures du matin. Les environs de Kolyvan, parfaitement calmes alors, semblaient être absolument abandonnés. Évidemment, la population des campagnes, fuyant l'invasion, à laquelle elle ne pouvait résister, s'était portée au nord dans les provinces de l'Yeniseisk.

Michel Strogoff se dirigeait donc d'un pas rapide vers Kolyvan, lorsque des détonations lointaines arrivèrent jusqu'à lui.

Il s'arrêta et distingua nettement de sourds roulements qui ébranlaient les couches d'air, et, au-dessus, une crépitation plus sèche dont la nature ne pouvait le tromper.

« C'est le canon! c'est la fusillade! se dit-il. Le petit corps russe est-il donc aux prises avec l'armée tartare! Ah! fasse le ciel que j'arrive avant eux à Kolyvan! »

Michel Strogoff ne se trompait pas. Bientôt, les détonations s'accentuèrent peu à peu, et, en arrière, sur la gauche de Kolyvan, des vapeurs se condensèrent au-dessus de l'horizon, — non pas des nuages de fumée, mais de ces grosses volutes blanchâtres, très-nettement profilées, que produisent les décharges d'artillerie.

Sur la gauche de l'Obi, les cavaliers usbecks s'étaient arrêtés pour attendre le résultat de la bataille.

De ce côté, Michel Strogoff n'avait plus rien à craindre. Aussi hâta-t-il sa marche vers la ville.

Cependant, les détonations redoublaient et se rapprochaient sensiblement. Ce n'était plus un roulement confus, mais une suite de coups de canon distincts. En même temps, la fumée, ramenée par le vent, s'élevait dans l'air, et il fut même évident que les combattants gagnaient rapidement au sud. Kolyvan allait être évidemment attaquée par sa partie septentrionale. Mais les Russes la défendaient-ils contre les troupes tartares, ou essayaient-ils de la reprendre sur les soldats de Féofar-Khan? c'est ce qu'il était impossible de savoir. De là, grand embarras pour Michel Strogoff.

Il n'était plus qu'à une demi-verste de Kolyvan, lorsqu'un long jet de feu fusa entre les maisons de la ville, et le clocher d'une église s'écroula au milieu de torrents de poussière et de flammes.

La lutte était-elle alors dans Kolyvan? Michel Strogoff dut le penser, et, dans ce cas, il était évident que Russes et Tartares se battaient dans les rues de la ville. Était-ce donc le moment d'y chercher refuge? Michel Strogoff ne risquait-il pas d'y être pris, et réussirait-il à s'échapper de Kolyvan, comme il s'était échappé d'Omsk?

Toutes ces éventualités se présentèrent à son esprit. Il hésita, il s'arrêta un instant. Ne valait-il pas mieux, même à pied, gagner au sud et à l'est quelque bourgade, telle que Diachinks ou autre, et là se procurer à tout prix un cheval?

C'était le seul parti à prendre, et aussitôt, abandonnant les rives de l'Obi, Michel Strogoff se porta franchement sur la droite de Kolyvan.

En ce moment, les détonations étaient extrêmement

violentes. Bientôt des flammes jaillirent sur la gauche de la ville. L'incendie dévorait tout un quartier de Kolyvan.

Michel Strogoff courait à travers la steppe, cherchant à gagner le couvert de quelques arbres, disséminés çà et la, lorsqu'un détachement de cavalerie tartare apparut sur la droite.

Michel Strogoff ne pouvait évidemment plus continuer à fuir dans cette direction. Les cavaliers s'avançaient rapidement vers la ville, et il lui eût été difficile de leur échapper.

Soudain, à l'angle d'un épais bouquet d'arbres, il vit une maison isolée qu'il lui était possible d'atteindre avant d'avoir été aperçu.

Y courir, s'y cacher, y demander, y prendre au besoin de quoi refaire ses forces, car il était épuisé de fatigue et de faim, Michel Strogoff n'avait pas autre chose à faire.

Il se précipita donc vers cette maison, distante d'une demi-verste au plus. En s'en approchant, il reconnut que cette maison était un poste télégraphique. Deux fils en partaient dans les directions ouest et est, et un troisième fil était tendu vers Kolyvan.

Que cette station fût abandonnée dans les circonstances actuelles, on devait le supposer, mais enfin, telle quelle, Michel Strogoff pourrait s'y réfugier et

16

attendre la nuit, s'il le fallait, pour se jeter de nouveau à travers la steppe, que battaient les éclaireurs tartares.

Michel Strogoff s'élança aussitôt vers la porte de la maison et la repoussa violemment.

Une seule personne se trouvait dans la salle où se faisaient les transmissions télégraphiques.

C'était un employé, calme, flegmatique, indifférent à ce qui se passait au dehors. Fidèle à son poste, il attendait derrière son guichet que le public vînt réclamer ses services.

Michel Strogoff courut à lui, et d'une voix brisée par la fatigue :

« Que savez-vous? lui demanda-t-il.

— Rien, répondit l'employé en souriant.

— Ce sont les Russes et les Tartares qui sont aux prises ?

— On le dit.

— Mais quels sont les vainqueurs?

— Je l'ignore. »

Tant de placidité au milieu de ces terribles conjonctures, tant d'indifférence même étaient à peine croyables.

« Et le fil n'est pas coupé? demanda Michel Strogoff.

— Il est coupé entre Kolyvan et Krasnoiarsk, mais

il fonctionne encore entre Kolyvan et la frontière russe.

— Pour le gouvernement ?

— Pour le gouvernement, lorsqu'il le juge convenable. Pour le public, lorsqu'il paye. C'est dix kopeks par mot. — Quand vous voudrez, monsieur ? »

Michel Strogoff allait répondre à cet étrange employé qu'il n'avait aucune dépêche à expédier, qu'il ne réclamait qu'un peu de pain et d'eau, lorsque la porte de la maison fut brusquement ouverte.

Michel Strogoff, croyant que le poste était envahi par les Tartares, s'apprêtait à sauter par la fenêtre, quand il reconnut que deux hommes seulement venaient d'entrer dans la salle, lesquels n'avaient rien moins que la mine de soldats tartares.

L'un d'eux tenait à la main une dépêche écrite au crayon, et, devançant l'autre, il se précipita au guichet de l'impassible employé.

Dans ces deux hommes, Michel Strogoff retrouva, avec un étonnement que chacun comprendra, deux personnages auxquels il ne pensait guère et qu'il ne croyait plus jamais revoir.

C'étaient les correspondants Harry Blount et Alcide Jolivet, non plus compagnons de voyage, mais rivaux, mais ennemis, maintenant qu'ils opéraient sur le champ de bataille.

Ils avaient quitté Ichim quelques heures seulement après le départ de Michel Strogoff, et, s'ils étaient arrivés avant lui à Kolyvan, en suivant la même route, s'ils l'avaient même dépassé, c'est que Michel Strogoff avait perdu trois jours sur les bords de l'Irtyche.

Et maintenant, après avoir assisté tous deux à l'engagement des Russes et des Tartares devant la ville, après avoir quitté Kolyvan au moment où la lutte se livrait dans ses rues, ils étaient accourus à la station télégraphique, afin de lancer à l'Europe leurs dépêches rivales et de s'enlever l'un à l'autre la primeur des événements.

Michel Strogoff s'était mis à l'écart, dans l'ombre, et, sans être vu, il pouvait tout voir et tout entendre. Il allait évidemment apprendre des nouvelles intéressantes pour lui et savoir s'il devait ou non entrer dans Kolyvan.

Harry Blount, plus pressé que son collègue, avait pris possession du guichet, et il tendait sa dépêche, pendant qu'Alcide Jolivet, contrairement à ses habitudes, piétinait d'impatience.

« C'est dix kopeks par mot, » dit l'employé en prenant la dépêche.

Harry Blount déposa sur la tablette une pile de roubles, que son confrère regarda avec une certaine stupéfaction.

« Bien, » dit l'employé.

Et, avec le plus grand sang-froid du monde, il commença à télégraphier la dépêche suivante :

« *Daily Telegraph, Londres.*

« *De Kolyvan, gouvernement d'Omsk, Sibérie, 6 août.*

« *Engagement des troupes russes et tartares...* »

Cette lecture étant faite à haute voix, Michel Strogoff entendait tout ce que le correspondant anglais adressait à son journal.

« *Troupes russes repoussées avec grandes pertes. Tartares entrés dans Kolyvan ce jour même...* »

Ces mots terminaient la dépêche.

« A mon tour maintenant, » s'écria Alcide Jolivet, qui voulut passer la dépêche adressée à sa cousine du faubourg Montmartre.

Mais cela ne faisait pas l'affaire du correspondant anglais, qui ne comptait pas abandonner le guichet, afin d'être toujours à même de transmettre les nouvelles, au fur et à mesure qu'elles se produiraient. Aussi ne fit-il point place à son confrère.

« Mais vous avez fini !... s'écria Alcide Jolivet.

— Je n'ai pas fini, » répondit simplement Harry Blount.

Et il continua à écrire une suite de mots qu'il

16.

passa ensuite à l'employé, et que celui-ci lut de sa voix tranquille :

« *Au commencement, Dieu créa le ciel et la terre !...* »

C'étaient les versets de la Bible qu'Harry Blount télégraphiait, pour employer le temps et ne pas céder sa place à son rival. Il en coûterait peut-être quelques milliers de roubles à son journal, mais son journal serait le premier informé. La France attendrait !

On conçoit la fureur d'Alcide Jolivet, qui, en toute autre circonstance, eût trouvé que c'était de bonne guerre. Il voulut même obliger l'employé à recevoir sa dépêche, de préférence à celle de son confrère.

« C'est le droit de monsieur, » répondit tranquillement l'employé, en montrant Harry Blount, et en lui souriant d'un air aimable.

Et il continua de transmettre fidèlement au *Daily-Telegraph* le premier verset du livre saint.

Pendant qu'il opérait, Harry Blount alla tranquillement à la fenêtre, et, sa lorgnette aux yeux, il observa ce qui se passait aux environs de Kolyvan, afin de compléter ses informations.

Quelques instants après, il reprit sa place au guichet et ajouta à son télégramme :

« *Deux églises sont en flammes. L'incendie paraît*

gagner sur la droite. La terre était informe et toute nue;
les ténèbres couvraient la face de l'abîme... »

Alcide Jolivet eut tout simplement une envie féroce d'étrangler l'honorable correspondant du *Daily-
Telegraph*.

Il interpella encore une fois l'employé, qui, toujours
impassible, lui répondit simplement :

« C'est son droit, monsieur, c'est son droit... à dix
kopeks par mot. »

Et il télégraphia la nouvelle suivante, que lui apporta
Harry Blount :

« *Des fuyards russes s'échappent de la ville. Or,
Dieu dit que la lumière soit faite, et la lumière fut
faite !... »*

Alcide Jolivet enrageait littéralement.

Cependant, Harry Blount était retourné près de la
fenêtre, mais, cette fois, distrait sans doute par
l'intérêt du spectacle qu'il avait sous les yeux, il
prolongea un peu trop longtemps son observation.
Aussi, lorsque l'employé eut fini de télégraphier le
troisième verset de la Bible, Alcide Jolivet prit-il sans
faire de bruit sa place au guichet, et, ainsi qu'avait
fait son confrère, après avoir déposé tout doucement une respectable pile de roubles sur la tablette,

il remit sa dépêche, que l'employé lut à haute voix :

« *Madeleine Jolivet,*
« *10, Faubourg-Montmartre (Paris).*
« *De Kolyvan, gouvernement d'Omsk, Sibérie, 6 août.*
« *Les fuyards s'échappent de la ville. Russes battus.
Poursuite acharnée de la cavalerie tartare...* »

Et lorsqu'Harry Blount revint, il entendit Alcide
Jolivet qui complétait son télégramme en chantonnant
d'une voix moqueuse :

> Il est un petit homme,
> Tout habillé de gris,
> Dans Paris!....

Trouvant inconvenant de mêler, comme l'avait osé
faire son confrère, le sacré au profane, Alcide Jolivet
répondait par un joyeux refrain de Béranger aux
versets de la Bible.

« Aoh ! fit Harry Blount.

— C'est comme cela, » répondit Alcide Jolivet.

Cependant, la situation s'aggravait autour de Kolyvan. La bataille se rapprochait, et les détonations
éclataient avec une violence extrême.

En ce moment, une commotion ébranla le poste
télégraphique.

Un obus venait de trouer la muraille, et un nuage
de poussière emplissait la salle des transmissions.

Alcide Jolivet finissait alors d'écrire ces vers :

> Joufflu comme une pomme,
> Qui, sans un sou comptant.....

mais, s'arrêter, se précipiter sur l'obus, le prendre à deux mains avant qu'il eût éclaté, le jeter par la fenêtre et revenir au guichet, ce fut pour lui l'affaire d'un instant.

Cinq secondes plus tard, l'obus éclatait au dehors.

Mais, continuant à libeller son télégramme avec le plus beau sang-froid du monde, Alcide Jolivet écrivit :

« *Obus de six a fait sauter la muraille du poste télégraphique. En attendons quelques autres du même calibre...* »

Pour Michel Strogoff, il n'était pas douteux que les Russes ne fussent repoussés de Kolyvan. Sa dernière ressource était donc de se jeter à travers la steppe méridionale.

Mais alors une fusillade terrible éclata près du poste télégraphique, et une grêle de balles fit sauter les vitres de la fenêtre.

Harry Blount, frappé à l'épaule, tomba à terre.

Alcide Jolivet allait, à ce moment même, transmettre ce supplément de dépêche :

« *Harry Blount, correspondant du Daily-Telegraph, tombe à mon côté, frappé d'un éclat de mitraille...* »

quand l'impassible employé lui dit avec son calme inaltérable :

« Monsieur, le fil est brisé. »

Et, quittant son guichet, il prit tranquillement son chapeau, qu'il brossa du coude, et, toujours souriant, sortit par une petite porte que Michel Strogoff n'avait pas aperçue.

Le poste fut alors envahi par des soldats tartares, et ni Michel Strogoff, ni les journalistes ne purent opérer leur retraite.

Alcide Jolivet, sa dépêche inutile à la main, s'était précipité vers Harry Blount, étendu sur le sol, et, en brave cœur qu'il était, il l'avait chargé sur ses épaules dans l'intention de fuir avec lui... Il était trop tard !

Tous deux étaient prisonniers, et, en même temps qu'eux, Michel Strogoff, surpris à l'improviste au moment où il allait s'élancer par la fenêtre, tombait entre les mains des Tartares !

FIN DE LA PREMIÈRE PARTIE.

TABLE DES MATIÈRES

FIN DE LA TABLE

Paris. — Imp. Gauthier-Villars, 55, quai des Grands-Augustins.

www.ingramcontent.com/pod-product-compliance
Lightning Source LLC
Chambersburg PA
CBHW071908020726
47502CB00003B/930